幼なじみが絶対に負けないラブコメ

OSANANAJIMI GA ZETTAI NI

MAKENAI

LOVE COMEDY

二丸修一

SHUICHI NIMARU

［絵］

しぐれうい

プロローグ

＊

——某日、某所。

わたしは学校からの帰り道、最近お気に入りのスーパーに立ち寄っていた。

「あ、お姉ちゃん？　夕飯のパスタの種類なんだけど、オイル系とトマト系とクリーム系、どれがいい？」

「真理愛(まりあ)が作るパスタはどれもおいしいからさ。どれでもいいよー」

「もう、お姉ちゃんはそればっかり」

わたしは携帯電話に向けてため息をついた。

姉のおおらかなところが大好きだが、料理でおおらかすぎると張り合いがない。まあ苦手なピーマン以外、ニコニコ食べてくれるのは本当に嬉(うれ)しいけれども。

「じゃあ、この前オイル系は作ったから……トマト系で」

「うん、それでいいよ！　サークルが十九時くらいに終わる予定だから、二十時には帰れると思う」

「了解」

わたしは電話を切り、食材を見回った。

「ふふっ、時間があるときに腕を磨いておかなければなりませんね」

料理の味は最重要だが、旬の食材のチェックや値段との折り合い、鮮度の吟味から献立にアドリブが利かせられるか否かなど、一家の食卓を預かるための技能には終わりがない。

わたしはスーパーを出ると、肉や野菜の入ったレジ袋を片手に微笑んだ。

駅前にあるスーパーから家までの帰路……この時間をわたしは毎回楽しんでいる。

イメージは新妻だ。

新入社員の末晴お兄ちゃんは毎日こき使われ、へとへと。辛い毎日だが、家にいる新妻の可愛らしさと手料理を楽しみに日々何とか生きている。

駅前で待ち合わせをして、二人でスーパーに。手を繋ぎながら食べたいものを聞き、材料を購入。その際には、

『モモの作る料理は何でもおいしいんだよなぁ』

なんてのろけをいつも言うのだ。

そして街灯の下を仲睦まじく歩き、愛の巣へ。

『さぁ、末晴お兄ちゃん、すぐに料理を作りますから今のうちにお風呂へ――』

『お兄ちゃん……？　モモ、俺たちは夫婦じゃないか。いつまでそう呼んでいるんだ？』

『あ、そうでした……。で、ではその……あなた。先にお風呂へ……』

『何だ、モモ。一緒に入らないのか？』

『そ、そそ、それは！　あなたは仕事で疲れて、お腹を空かせていますし――』

『食べるんなら、お前からがいいな、モモ――』

『も、もう、昔からエッチなんですから……あ・な・た』

わたしは赤面しつつも喜びを抑えきれず、そのままお風呂場へ……。

「ダメです、お兄ちゃん!?　それ以上は後戻りができませんよ!?　『ふふふっ、後戻りなんてする必要、どこにあるんだ？』。ああっ、お兄ちゃん、ダメダメ、そんなところは――」

すれ違った若いOLがわたしを見てビクッと震える。

わたしは真顔に戻って咳払いをすると、小首を傾げ、ニコッと微笑んでごまかした。

「………………」

ちょっとごまかしきれなかったかもしれない。

OLは『これだから彼氏のいるやつは』とつぶやき、死んだ目をして去っていった。

「……考えてみれば、末晴お兄ちゃんがサラリーマン、という設定はおかしいかもしれませんね。まだまだアップデートする必要がありそうです」

そんなことを考えつつ、暮らしているマンションにたどり着いたときのことだった。

背後から声をかけられたのは。

「真理愛（まりあ）……真理愛（まりあ）よね……」

随分久しぶりで……だが聞き慣れた女性の声。

一瞬で背筋が凍った。

あまりに恐ろしくて。身体（からだ）の芯から震えが込み上げてきて。

だから、幻聴だと思い込もうとした。

「真理愛（まりあ）、俺だ……。俺、俺」

背後から、今度は中年男性の声。これまた聞き覚えがある。

――絶対にもう二度と聞きたくなかった声だ。

一度なら妄想に逃げられた。しかし二度も声をかけられたら、もう現実として認めるしかない。

「っ――」

わたしは唇を噛（か）みしめた。

否応(いやおう)なく湧き上がる恐怖。足が竦(すく)み、立っているのもやっとだ。指先の震えが止まらない。

わたしは襲い来る恐怖を唇を嚙(か)みしめることでごまかした。そしてその唇の痛みで戻ってきた理性を奮い立たせ、言い聞かせる。

(逃げるな。もう負けない。絶対勝てる。わたしは成長した。昔と同じじゃない)

唇から血がこぼれる。

しかしどれほど念じても、恐怖は全身を侵食してきていた。

「どうしたのよ、真理愛(まりあ)。こっち向きなさいよ」

「そうだ。顔を見ないと話ができないだろ?」

「なに、たいしたことじゃないのよ。ちょっとお話がしたいだけなの」

「お前、いいマンションに住んでるなぁ。たんまり儲(もう)けてるんだろ?」

「CM、たくさん出ていたものね。それにドラマも」

「俺たち、ずっと見ていたぜ。ずーっとな……」

「そういえば事務所にも行ったことがあるのよ」

「まあそんときは邪魔されちまったけど、へへっ、まあ、今は事務所辞めたんだろ?」

「そう、それでお話をしにきたのよ」

――ふざけないで!

そう叫びたいのを、わたしはじっとこらえた。

とっくに誰かはわかっている。しかしだからこそ、迂闊(うかつ)に振り向けない。

幼いときに染(し)みついた恐怖が身を竦(すく)ませる。覚悟なく振り向いてしまえば、きっと卑(いや)しく許しを請(こ)う自分が予想できた。

わたしが身体(からだ)の奥底からこみ上げてくる震えと戦う中で考えていたのは、お姉ちゃんのことだった。

(お姉ちゃんに、会わせたくない……っ!)

お姉ちゃんが中学を卒業してすぐ家から連れ出してくれたおかげでわたしは平穏な生活を手に入れた。芸能界に入って成功できたのも、半分が末晴(すえはる)お兄ちゃんのおかげとすれば、もう半分は間違いなくお姉ちゃんのおかげだ。

(本当に優しいお姉ちゃん……。お姉ちゃんが高校進学を諦め、わたしのために生きてくれたから、幸せな今がある……)

そんなお姉ちゃんに、また同じ苦労をしろというのか? 同じ苦しみを味わえというのか?

ありえない。お姉ちゃんは幸せになるべき人間だ。

(そうだ、わたしは、昔とは違う——)

芸能界を生き抜き、成功した。お金だって持っている。人脈もある。

考えてみれば、今まで力を蓄えてきたのは、このときのためだったのかもしれない。

(ならば戦って、ねじ伏せてみせる。わたしはもう、お姉ちゃんに守ってもらうだけの人間じゃない――)

そして――

(大丈夫だ、末晴(すえはる)お兄ちゃんたちの力を借りなくても勝てる。皆さんに迷惑をかけたくないし、何よりこれはわたしの試練。これを自分で乗り越えてこそ、わたしは本当に成長したと言えるはずだ。相手はただの中年夫婦。芸能界の曲者(くせもの)に比べれば、対処はたやすいだろう)

わたしはこぶしを握りしめた。

「真理愛(まりあ)！　何をしているの！　さっさとこっちを向きなさい！」

「無視しようってのか！　失礼だろ！　おい、真理愛(まりあ)！」

わたしは目を閉じると、静かに心を決めた。

そして自分は女優だと言い聞かせ、完璧な表情を形作り、振り返った。

「お久しぶりです――お父さん、お母さん」

プロローグ2

＊

彼女が現在日本のナンバーワンアイドルであることに異論を唱える者はいないだろう。曲を発表すれば各種ランキングの一位を独占。グッズは飛ぶように売れ、CMで見ない日はない。

彼女を絶賛する言葉は枚挙に暇（いとま）がないが、主なのは以下のようなものだ。

『久しぶりに出てきた至高のソロアイドル』
『現代に降り立った不思議の国のアリス』
『日欧妖精』

彼女の美しい金色の髪は地毛だ。日本人とフィンランド人のハーフであり、腰まである金髪が流麗に振り乱れる様は、まるでおとぎの国にやってきたのではないかと人々を錯覚させた。

彼女の青い瞳はサファイヤのようだと言われる。その瞳の奥底には星のような輝きが内包されていて、彼女が生まれつきのスターなのだと見る者に否応なく実感させる。

体躯はやや小柄。しかし四肢のバランスは日本人離れしており、胸の豊かな膨らみ、腰のくびれ、手足の長さは彼女が【妖精】に例えられるのを決定づけている。

可愛く、明るく、純粋で、歌唱力があり、踊りも卓越し、すべてを持っていながら謙虚で好奇心旺盛。

そんな彼女が現状に不満を持ち、今、まさにその不満が解消されようとしていることは、ほとんどの者が知らなかった。

「お久しぶりです、プロデューサー！　またヒナと組んでくれるんですね！」

ハーディプロ、社長室。

ナンバーワンアイドルの少女が青い瞳を輝かせ、妖精のごとき笑みを浮かべる。

「ああ。これからまたよろしく頼むよ、ヒナくん」

「やったーっ！」

元気よくぴょんと跳ねて喜びを全身で示す。

対する紫色のシャツを着たホストのような男は、やや芝居がかった仕草で歯噛みした。

「それよりすまなかった。ちゃんと引き継ぎはしたんだがね。まさか君にそれほどの不満を抱かせるような結果になるとは思ってなかった」

「プロデューサーのせいじゃないですよー。アポロンプロダクションの皆さんが勝手にプロデューサーの話を無視しただけで……ヒナは怒っているのです！」

彼女は両手を天井へ向けて突き出し、怒りをアピールする。

「ボクはアポロンと提携した身だし、恩もある。だからあまり悪く言うことはできないが……」

「えー、プロデューサーまでそんなこと言うんですかー？　ヒナ、アポロンプロダクションの皆さんにはかなりプンプンでガオーって感じなんですけど！」

彼女は両手を腰に当て、可愛らしく怒った。

そんな彼女に向けてホストのような男――ハーディ・瞬は口端を吊り上げた。

「そりゃもちろん、無能な輩に君を任せたことをひどく後悔したよ。アイドルとして売り時なのに、まさか売り上げが前年を下回るとはね。当然君に罪はない。巻き返さなければならないな」

「では目標に変わりはない、と」

「当然だ。ボクは日本から世界を制するようなスターを輩出したい。その時代を象徴し、世界の顔となるようなスターをだ」

ハーディ・瞬は思い出す。彼女と出会ったときのことを。

『――日本から世界を制するようなスターを輩出したい』

これを成し遂げるには、まず素材だとハーディ・瞬は考えていた。

プロのスポーツ選手や芸術家は、才能のある者が幼少のころから厳しいトレーニングを積んで、ようやく世界と戦えるようになる。そのため芸能の世界でも子供のころから才能を見出すことが重要だと思い、容姿や歌に優れた子供がいると聞けば、どこにでも足を運んだ。

無論、その噂のほとんどが外れだ。休みを潰してスカウトに精を出していることを知った会社の同僚からは、『休みに仕事をしている気分になっているバカ』なんて言われたこともあった。

でも――そのバカな行動が――砂漠の中から宝石を拾うこともある。

過疎地のお祭りで歌っていた少女。あまりに美しく、歌声は澄み切っていて、なんでド田舎にこんな子がいるんだって思った……そんなたわいない、どこにでもあるようなSNSの書き込み。

それだけの情報からハーディ・瞬はそのSNSのアカウントに連絡を取り、祭りの場所を突き止め、地元民に聞き回り、その少女の家を特定した。

人里離れた一軒家だった。

不思議な空間だった。山奥なのに立派な建物があり、野菜や果樹が育てられている。豚や鶏も飼っているが、何より目を引くのは機械化がしっかりなされていることだ。また木にハンモックなど自然を活かした遊具が多数あり、懐かしくなるようなのどかさもあった。

山奥なのに整備が行き届いている。一番近くの小屋をのぞき込んだら、本が山ほど並んでいた。まるで図書館のようだ。

『――誰？』

木の上から声がする。

見上げると、木漏れ日を浴びて金色の髪をまぶしいほど輝かせた少女がいた。


――この子が、ＳＮＳで書かれていた子だ。


木に登り、頬に泥をつけて無邪気に笑う様は野生児だった。

しかし瞳の奥には知性が見え、どことなく気品も漂っている。何より見る者を惹きつける魅力が尋常ではない。

田舎とこの子があまりにアンバランスであったため、両親や育ってきた環境も気になった。

『君のご両親に会えるかな？』

そう言うと少女は楽しげに案内を買って出て、畑にドローンで種を蒔いていた両親を紹介した。

彼女の両親は笑顔を浮かべると、家の中へ招き、いろいろと話してくれた。

この子は六人兄弟の末っ子だという。

ハーディ・瞬は興味の赴くままにあれこれ聞いてみた。すると、こんなところに住んでいるのも信念に基づいての行動だとわかった。

彼女の両親は元々世界的にも超一流と言える大学を卒業し、アメリカで最先端の研究をしていた。

しかし自然との共存が大事だと考え、退社。貯金も十分にあったため、現在の場所に移住し、それから今に至るまで気ままに研究をしつつ、自給自足の生活をしているという。

小学校まで一時間以上かかる秘境だが、ネット回線を引いており、情報的に遅れることはない。二人の兄と三人の姉は皆優秀で、多くの本を集めた小屋もあるため、同年代より数年先の学力は当たり前。長男はこの山奥で育ち、高校もまともに通っていないのに、今は飛び級でスタンフォード大学に通っているという。

自然と最先端技術の共存。日本人の父とフィンランド人の母。欧米圏に違和感なく受け入れられる金色の髪と青い瞳。野性と強い好奇心。

ハーディ・瞬はこの日、生まれて初めての土下座をし、彼女の両親にこの子を自分に預けてくれるよう頼んだ。

——世界を制するようなスターは、この子しかいないと確信したから。

「真のスターは、『最高の才能』を『幼少期からの最高の教育』によって磨き、誕生する。真のスターを作り出すことで、現在のコネと惰性が幅を利かす芸能界を改革しなければならない。ボクたちは成功モデルとならなければならないわけだ。わかるね、ヒナくん」

「はいっ、プロデューサーっ！」

少女は教室で真っ先に質問に答えようとする少女のように、しゅばっと手を挙げた。

「才能ある者たちに対し、ボクたちプロデューサーは『感情を排すること』から始めるべきだ。必要なのは道筋を示し、成長を促す仕事を与え、すべての雑音を取り除き、より良い仕事を取ってくることのみ。そしてタレントが成果を出したなら、それにふさわしい報酬を与えることが重要だ。そんな当たり前なビジネス関係が作れない者が多すぎるのは嘆かわしいことだ」

「でもプロデューサーは違う！　ヒナを次の段階に連れて行ってくれるんですね！」

期待に満ちた眼差しに、ハーディ・瞬は力強く頷いた。

「当然だ」

ハーディ・瞬はデスクに置かれた書類を手に取った。

「ボクがいない間に多少仕事が減ってしまったが……ちょうどいい。空いた時間の分で仕込みを始めよう。新たな種は花が咲いている間に蒔くものだ。無論、アイドル活動のほうもテコ入れをしていく。ヒナくん、どんな気持ちかな？」

ハーディ・瞬が書類を差し出す。

少女は書類を受け取ると、ぎゅっと胸に抱いた。

「ワクワクします！　田舎からプロデューサーに連れられて東京にやってきたときのことを思い出しました！」

少女の瞳に宿る星が輝きだす。

ハーディ・瞬は思い出した。

（そうだ、変わっていない――）

初めて東京へ連れてきた日、彼女は高層ビルの輝きに目を奪われ、『行こう』と言っても『もう少し』と言ってしばらく立ち尽くしていた。

彼女の瞳に宿る輝きは、好奇心のきらめき。

年を経るごとに多くの者が現実を知り、失っていく悲しいきらめき。

しかし彼女は今もあのときの輝きを一ミリも変わらず持ち続けている。

「素晴らしい……っ！　その飽くなきまでの好奇心！　それこそが頂点に立つ者が持つ資質だ！」

ハーディ・瞬は彼と敵対した者なら信じられないほど、穏やかな笑みを浮かべた。

「そうだ、まだ君は頂上の一つに立っただけに過ぎない。他にも山は数多くある。そして君は、世界という最高峰の山の頂点に立つべき者だ。そんな君とまた歩めることをボクは誇りに思うよ」

「はい、ヒナもです、プロデューサー！」

少女は脇を締め、可愛らしいファイティングポーズを取った。

——彼女の名は『虹内・キルスティ・雛菊』。

十五歳にしてアイドルの頂点に立つ、生まれながらのスターである。

第一章　黒羽の提案

＊

〝察してくれ、群青〟事件は私立穂積野高校の生徒に絶大なインパクトをもって受け止められた。翌日には全校生徒に話は広まり、誰もがこの話題で持ちきりとなった。

――が、しかし。

実のところ、話題の大半は『末晴と哲彦の熱愛』という内容ではなかった。

「志田さんたちにデレデレしてる丸のクソ野郎が、甲斐と熱愛なんてありえねーよな」

「まあ、あれだろな。あいつファンクラブができて調子に乗ってたし。なんかもめごとが起こって、ごまかすためにやったんだろ」

「そんなとこだよなー」

一般の生徒でさえ、多くがこのくらい当然のように『察して』いる。

そのため末晴のファンクラブにいた女の子たちのほとんどは、末晴の行動の意味を正確に理解していた。

「すーぴん、あんなことするほど悩んでたんだ……」

「末晴先輩のファンだけど、ファンだからこそ困らせたくないです……」

「丸末晴総受け展開は脳内のほうがはかどるから、ここが引き時かな……」

「末×哲カップリング、予想外でしたがハマりました！　ありがとうございます！」

という感じで、末晴の望むように『ちゃんと察している』のだが、『ちゃんと察しているがゆえに誰もそのことを末晴に告げない』という状態となっていた。

ただし、一部信じてしまった者もいる。それは末晴や哲彦とまったく接点のない生徒に多かった。

「ええー、そんなことってあるんだーっ！」

「私、見ちゃったの。嘘キス説もあるけど、絶対に違う。あれは『愛があるキス』だったわ」

「へー、動画で見た感じじゃそんな雰囲気なかったけど、そうなんだぁ～」

また知人でも安直に受け取った人間も無論いる。

「おい、那波！　丸のやつ、一緒に飯を食ってみたら、案外悪いやつじゃなかったな！　ハードルの高い恋愛をしている者同士、励まし合っていこうぜ！」

「フッ、そうだな……小熊」

「ふふふ、タンジュンなフタリね。まあそういうジッチョクさ、セッシャはキライじゃないけれど」

こうして〝察してくれ、群青〟事件は猛烈な勢いで広まり、多くの人の善意と配慮によって世間に知られることなく、急速に落ち着いていった。

＊

穂積野高校に平穏が戻ってきていたある日の放課後。

俺が部室に入ると、すでに群青同盟のメンバーは座って待っていた。

「遅刻だぞ、末晴」

「わりぃ、哲彦。ジョージ先輩に本返してたら遅くなった」

「ハル、あの先輩といつの間にか仲良くなってるんだ……」

クローバーの髪飾りに触れ、黒羽は肩をすくめた。

ただし口調の中に非難めいた雰囲気はない。黒羽は誰かと仲良くなることをマイナスと思うようなやつじゃないのだ。これはきっと、いざこざがあった相手なのに、すんなり仲良くなっているのを見て呆れているだけだろう。

「仲良くなったと言うなら、小熊先輩と那波先輩ともですよ」

真理愛は肩から流れるウェーブした髪を指にくるくると巻き付け、口を尖らせた。

どうやら真理愛としては『ジョージ先輩と仲良くするのはいい』『でも黒羽や白草の非公式ファンクラブリーダーである小熊と那波と仲良くするのは面白くない』という気持ちがあるよ

うだ。

「あれだけ仲が悪かったのに……男の子ってそういう訳わからないとこあるよね」

「珍しく同感だわ」

白草は俺に冷めた眼差しを向けた。恐ろしいと同時に、美しい眼差しだ。

距離が縮まり、接するのに慣れてきた俺でさえ、この眼差しを真っ直ぐ向けられると竦んでしまうときがある。こうしたクールさが、校内で白草を高嶺の花とさせている要因だろう。

俺は一応弁護した。

「俺、この前小熊と那波に飯を奢ってもらったときに世間話したんだけどさ。まあ暑苦しいことは確かだが、悪いやつじゃなかったぜ？　クロやシロに対しては変質者一歩手前だが」

「ハル、その『変質者一歩手前』がヤバいの」

うん、まあ、確かに。

白草はより具体的な例を挙げる必要があると考えたらしい。チラリと玲菜に目を向けた。

「スーちゃん、もし……そうね、例えばそこにいる浅黄さんがスーちゃんが脱いだシャツを嗅いで『くんかくんか！』とか言ってたらどう思うわけ？」

……なるほど。これが初心な白草の考える『変質者一歩手前の行動』のようだ。

「ちょ、可知先輩――」

とんだ例えに巻き込まれた玲菜が絶句する。

俺は玲菜をじっと見据えた。

ポニーテールに八重歯。快活で幼さが残る面影なのに、誰もが意識してしまう豊満な胸。

俺は玲菜のくんかくんかをしっかりと脳内でイメージし、結論を出した。

「——悪くないな」

「何が『悪くないな』っスか！」

背後から蹴られた。片手がビデオカメラでふさがっているため、足を使ったようだ。まあかなり手加減してくれているのか、軽いツッコミを食らった程度で痛みはない。

「どんだけパイセンは変態なんスか⁉　これだから後輩にバカにされるんスよ⁉」

「冷静になって聞いてみると——うん、その罵倒も悪くないな。いや、むしろいいとさえ感じてきた。なぁ、哲彦。お前もそう思わねぇ？」

ホワイトボードの前にいる哲彦からペンが飛んできて、俺の頭に命中した。

「だからオレに同意求めんなよ、バカ晴」

「次に同じこと言い出したらセクハラで訴えるっス」

はー、あいかわらず仲いいな、お前ら。

やれやれといった感じで俺は受け流し、空いている席を探した。

群青同盟において席は決まっていない。

そのため俺は出入り口の近くに座っていた白草の隣に腰を下ろした。

「じゃあ全員揃ったから、群青同盟の次の企画の話し合いを始めるぞー」

哲彦はホワイトボードを叩いて注目を集めた。玲菜が揃ったメンバーの顔触れをビデオカメラで一通り撮っていく。

（……さすがにこの流れも慣れてきたな）

なんてことを考えていると、白草が身体を寄せてきた。

白草の長く美しい黒髪が目の前をよぎる。甘い香りが鼻の奥をくすぐって、鼓動が高鳴った。

「スーちゃん、甲斐くんってだいぶ落ち着いてきたってことでいいのよね？」

「シロが哲彦のことを気にするなんて珍しいな……。やっぱ苦手だからか？」

「ああ、うん。それもあるけど……」

白草は声のトーンをさらに一段落とした。

「芽衣子がね、ちょっと気にしてて」

峰芽衣子。ちょっとぽっちゃりとした体形のクラスメートで、白草の唯一の友達と言われている温厚な女の子だ。

しかし——なるほど。白草自身は興味ないが、友達が気にしているから、ついあんな遠回しな表現になってしまったのか。

「峰が？　哲彦と絡みあったっけ？」

「ないと思うけど……。まあ、あの子のことだから、クラスへの悪影響を気にしているだけなんだと思うわ。だってなるべくこっそり知りたいみたいだったから」

なるほど、峰の心配もわからないではない。

一時期、哲彦の威圧のせいでクラスの空気はひどいものだった。昼食時には普段教室で食事をとっていたやつらが学食へ逃げるありさまだったし。

ただまあ、今はさすがに落ち着いてきている。哲彦への恐怖もあって、俺に直接嫌みを言ってくるやつもほとんどいなくなっていた。

それでも哲彦はいつ何をしでかすかわからない爆弾のようなやつだから、温厚な峰が友達の白草を通じて探りを入れるというのは、ありえそうなことだと思った。

「とりあえず〝察してくれ、群青〟事件に触れなければ大丈夫だと思うぞ」

「そうよね」

現在、群青同盟内でもこの話題には触れてはいけない、という暗黙の了解ができている。

まあ女性メンバーは全員事情を知っているし、俺も忘れたい話題だからそれでいいんだけど。

ちなみに今回の件、哲彦は俺をまったく責めてこなかった。今の状況では触れないのが一番との判断だろう。

もし下手に哲彦が教室で俺を怒ったりすると、ぶっちゃけ——『怪しまれる』。

さらに言えば——より『察せられる』。

このことから哲彦は『〝察してくれ、群青〟事件はなかったこと』にしようと決めたに違いない。

「はいそこ、会議中にイチャつかないで欲しいわけだが」

哲彦がジト目で注意してきた。壁際では玲菜がカメラを固定したままうんうんと頷いている。

俺は思わず反論した。

「い、イチャついてなんかねーよ！」

「そ、そうよ！　言いがかりだわ！」

「ふーん……」

黒羽の『ふーん』が怖すぎる……。魔王の力を継承してしまったのではないかと思うほどだ……。

「はいはい！　お前ら喧嘩はなしな！　今日中に決めなきゃいけないことがあるんだ！」

黒羽はため息をつき、さらりと話を戻した。

「それで哲彦くん、また何か話が来ているわけ？」

黒羽の切り替えの早さと配慮はいつも本当に助かる。

見た目が小動物のような黒羽だが、話し合いのときは冷静で、可愛らしさの中にも知性が溢れている。これは四姉妹の長女として妹たちを仕切ってきた経験が長いからだろう。

「ああ、それなんだが、大きく分けて末晴、真理愛ちゃんメインの役者路線の話と、アイドル路線の話が来ている」

「え、またアイドル路線？　あたし嫌なんだけど」

黒羽が眉間に皺を寄せる。

白草もまた嫌なようで、目をつぶり、拒絶オーラを全身から発していた。

「まあ投票で可決しなけりゃやらないから安心してくれ。ただ、ぶっちゃけ依頼数で言えばそっちの路線が一番多いんだよなぁ」

「アイドル路線での依頼って、どんな内容なんだ？」

ちょっと想像しづらかったので、俺は突っ込んで聞いてみた。

「地下アイドルとの合同イベントの出演依頼とか、握手会とか。あとビジネス的な依頼もあって、モデルハウスやショッピングモールのイベント出演とか」

「あー、なるほど」

何だろ、俺たちが学生だから、安くて知名度がそこそこあって使いやすそう、なんて思われているのかもしれない。地下アイドルとのイベントとかは、単純に真理愛や白草の知名度が目当てだろうな。

「私、そんなの絶対嫌よ。ありえないわ」

「そのお仕事自体を否定する気はありませんが、現状やるメリットをほとんど感じない、と言わざるを得ませんね」

白草、真理愛ともに反対。まあ当然だよな。

「あと群青同盟全体への依頼として、ＷｅＴｕｂｅｒやＶＴｕｂｅｒからのコラボ依頼がかなり来てる。この前の他の部活との対決企画、結構評判よかったからな。対決したいって依頼は多い。ま、この辺はいつでもできるから、相手や内容を見て、少しずつやっていってもいいかなって思ってるんだが、それでいいか？」

「その相手や内容、誰がどういう基準でチョイスするのかしら？」

白草の警戒は哲彦への不信感から来ているのだろう。

「誰がと言われればオレだが？」

「不安ね。変なメンバーと絡んだり、不快なネタをやらされるのはごめんだわ」

白草の指摘はもっともだ。ここは流れに乗っておこう。

「俺もシロと同じ意見だな。ゲームの対戦くらいならいつでもいいんだけどさ。いきなり大食いとかぶっこまれても困る」

もし身体を張る系のネタをやることになった場合、さすがに女性陣にはやらせられない。かといって哲彦は手八丁口八丁で逃げるだろう。

となると、俺がやることになってしまうパターンが予測できる。そんなの嫌だから、先に封じておこうと思ったのだった。

「ま、いいぜ。オレだって企画をピックアップするなんて面倒だ。これから依頼はすべてリスト化する。で、そのリストをもとに話し合って、有力候補をチョイス。その後やるかどうかの投票にかけるってのでいいか？」

「まあ、そうね」

一番拒否感の強い白草が頷けば、ほぼ決定に近い。黒羽と真理愛からも異論は出なかった。

「じゃあ次からそうする。玲菜、リスト化できるな？」

「元々メールやネットの管理はあっしがやってるんで、大丈夫っスよ」

「……手間をかけて悪いわね、浅黄さん」

「いえいえ、テツ先輩はこんな人ですから、可知先輩の懸念は当然っス」

哲彦はじろりと玲菜をにらみつけた。

「どういう意味だ、玲菜？」

「別に、そのまんまの意味っスよ～。テツ先輩は普段の言動を見直したほうがいいっス」

哲彦はムスッとしたものの、反論しなかった。

「じゃあ哲彦、俺や真理愛メインの役者の仕事ってのはどんなのが来ているんだ？」

「ドラマや舞台への出演依頼だ。こっちは群青同盟じゃなくて、お前らにプロとして依頼が来てる。ただまあ、オレがざっと見た限り、主役級のやつはない。ま、事務所に入ってないってことは誰も営業してないってことだし、特別な指名とかじゃない限り主役級は難しいだろうな」

「まー、そうだよなー」

ついつい本能でいい役が欲しいと思ってしまうが、変に欲張ってはダメだろう。

「オレ的には別にいいんじゃね？　って思ってるが。だって主役級なんて受けたら、学校まともに来られねぇぞ？　お前らは『高校のうちは高校生らしい生活をする』って決めてるんだろ？」

「わかってるって。少なくとも俺は卒業までこのままでいいって思ってるってーの」

「モモもですね。少なくとも今のところは」

真理愛は真剣な表情で頷いた——のだが、真理愛の場合はふわっふわな髪からあふれ出る愛されオーラが凄い。そのためシリアスさよりも可愛らしさのほうが印象に深かった。

「主演なら高校卒業後、いくらでもできます。それよりも今の生活のほうが万倍も勉強になって後に活きる、とモモは思っています」

「ほーっ、あいかわらずの自信家だな、真理愛ちゃんは」

「事実ですから」

「とはいえ——」

哲彦はくるっと話を回転させた。

「末晴と真理愛ちゃんに関しては、大きな舞台に立つことは難しくても、ある程度人前で演じる機会はあったほうがいいと思っているんだよな、オレは。舞台勘っていうのか？　そういうのがさび付かないように」

「それは――そうですね」

あいかわらず哲彦はピンポイントで魅力的な話を提示してくるな。おかげで真理愛でさえ哲彦のペースに巻き込まれている。

舞台勘は存在する――と少なくとも俺は思っている。サッカーでも久しぶりの試合だと、ついていくのに時間がかかるのと同じだ。本番の空気や緊張感は特別なもので、修練できるならしたほうがいいに決まっている。

「その話しぶりだと、何か提示したい企画があるんじゃない？」

「お、さすが志田ちゃん。わかってんな」

哲彦は指を鳴らし、ホワイトボードに黒ペンを走らせた。

「つーことで、今回オレが推したい企画は――『大学の学園祭での演劇』だ」

「ほ～、演劇かぁ～」

そういや元々俺と哲彦は、学園祭で演劇やる予定だったよな。白草が告白祭を利用した企画を出したから変わったけど。

「ちょっと、もう十一月に入ってるわよ！　大学の学園祭なら、普通十一月中にやるでしょ？」

白草が横やりを入れた。

「そうだな。本番はだいたい十日後だ」

「準備期間が短すぎるわよ！　配役とか決めることも多いし、脚本や大道具だって――」

白草の言う通りだ。

演劇をやるなら普通数ヶ月、短くても一ヶ月は準備や稽古の時間が欲しいところ。

加えて本番一週間前からは劇場に缶詰めなんて当たり前の世界だ。

そう考えると、これから俺たちが一から作るなら、毎日学校をサボって一日中稽古や準備をしても間に合わない計算になる。

「可知、ストップ。その辺はほとんど解決してる。それと事情もある」

「……事情？」

「順番に説明する。玲菜、配ってくれ」

「了解っス」

哲彦が撮影をしていた玲菜にあごで指示を出すと、玲菜は手元に置いていた冊子を俺たちに配って回った。

「この依頼は、慶旺大学の広告研究会と演劇サークル『茶船』の連名での依頼だ」

「へー、大学の学園祭って、慶旺大学だったのか」

「ああ」

俺は口を尖らせた。

「あれだろ？　慶旺大学ってお金持ちでイケメンで頭がいいやつが行くところだろ？　例えば

阿部なにがし先輩とかが合格したとか聞いたし～。俺たち、そんな何でも揃ったリア充の肥やしになりに行くってのか～？」

「お前のひがみ根性は嫌いじゃねぇけど、ちょうどいい依頼はこれだけだったんだ。仕事と割り切れ」

「ちっ、それ言われるとなぁ～」

黒羽が手を挙げた。

「あ、哲彦くん、ちょっといい？」

「何だ、志田ちゃん？」

「この企画、やるか決まってないけど、大前提って意味でね」

「ん？　何だ？」

「去年あたし、ここの学園祭に友達と行ってきたんだけど、広告研究会の人たちのナンパがひどくて。正直、ちょっと関わりたくない」

「!?」

黒羽はそのときのことを思い出したのか、苦虫を噛み潰したような表情をしている。

黒羽、そういや去年、学園祭に行ったらナンパが多くて苦労したって言ってたっけ……。それ、慶旺大学だったのか……。

う～ん、そういうこと聞くとなぁ～～～。何もなかったってわかっていても、もやもやするなぁ～～～。

「あ～……」

哲彦にしては珍しく頭を抱えた。

「……わかった。大前提として、うちのメンバーへのナンパとか、アドレス聞くとか、もろもろ全部禁止ってことを引き受ける条件に入れておく。その上で話を進めていいか？」

「まあ、それなら……」

白草と真理愛も話を聞いて、嫌悪感があったんだろう。

顔をしかめて口々に言った。

「もし約束を破ったら覚悟しておくよう言っておいて欲しいわ」

「そうですね、それが最低条件ですね」

女性陣から念を押され、哲彦もなだめるのに必死だ。

「わかった。この件はしっかり言っておく。だから話を進めさせてくれ」

ようやく納得した女性陣が腰を落ち着ける。

哲彦は咳払いし、気を取り直して説明を始めた。

「元々の企画は、演劇サークル『茶船』のOGに最近ドラマで名前を上げた『NODOKA』って女優がいて、彼女を招いて舞台に立ってもらうって話だったんだ。何でも最初はトークショー的な話を持ち掛けたら、『あくまで自分は女優だから、トークはお断りする。だけど舞台なら受ける』という話になったらしい」

　真理愛《まりあ》がああ、とつぶやいた。

「NODOKAさん、直接お話ししたことはないですけど、熱心で誠実な方だと評判ですね。世間でも人気急上昇中と言っていいと思います」

「で、なるべく負担をかけないために、上演時間が短く、彼女がサークルの代表時代に脚本を書いた『人魚姫』を演目にしたんだと」

　なるほど、そりゃ昔自分が書いた脚本なら、内容はあらかた覚えているだろうし、人魚姫は短い物語だから負担は少ないだろうな。

　俺は尋ねた。

「上演時間が短いってどんなもんなんだ？」

「三十分だとさ」

　普通演劇と言うと、ちゃんとした演目なら二時間程度。短くても九十分はある。確かに随分短めだ。

「で、NODOKAさんがやるのにどうして俺たちに依頼が？」

「NODOKAさん、病気になっちまったらしい。命に別状あるもんじゃねぇが、一ヶ月は絶対安静。ということで、急遽《きゅうきょ》代役を探すことになったが、こんなギリギリなスケジュールじゃ知名度のある人はなかなかOKが出ねぇってわけだ」

「あー」

病気かぁ……可哀そうに。降板するのはやむを得ないだろう。

白草はため息混じりに言った。

「そういうことだったの。元々決まっていた演目だから、大道具や小道具はすでに作ってあるし、音響等も問題ないというわけ、か。だから十日でできるのね」

「そうだ。もちろん役を作り込む大変さはある。だがまあ、向こうは末晴と真理愛ちゃんの知名度と話題性が目当てで依頼してきてる。ま、この短期間でやれるだけやってくれれば十分って感じだ」

俺たち目当てと言われると、ちょっと嬉しいな。今までの演技が評価されたってことだし。

でも知名度や話題性が目当てなら、俺たち二人だけである必要はない。

「おい、哲彦。今回の依頼、俺と真理愛だけなのか？」

「んー、『お前ら二人の出演』ってのが『最低条件』だ」

……あいかわらずもったいぶった表現するなぁ。

真理愛が確認した。

「つまり哲彦さんや黒羽さん、白草さんの出演も場合によってはあり得る、と」

「具体的には志田ちゃんと可知にも役者をやってもらいたいみたいだな。ただ二人とも、役者経験ないだろ？」

黒羽（くろは）がおずおずと言った。

「あたしは小学校のときに一回だけやったことがあるよ。お姫様役だったかな？　でも正直役に立たないと思う」

「私はこの前のMV（ミュージックビデオ）が初めての演技だわ」

「まあそんなもんだよな。んじゃもしこの案が可決された場合、とりあえず稽古に参加してみて、それから役者として出演するか決めるってことでいいか？」

「そうね」

「わかったわ」

哲彦（てつひこ）は配布した資料を叩（たた）いた。

「じゃあまとめに入るぞ。演劇サークルはOGの女優を呼ぶことになった。せっかく知名度のあるOGを連れて来たんだから、もっと大々的に見せたい。ということで広告研究会に協力を仰ぎ、宣伝を強化。大学内で一番大きな舞台も押さえた。だが――」

話を一旦切って、わざとらしく肩をすくめる。哲彦（てつひこ）のよくやる癖だ。

「その女優が急病で出演不可能に。ということで俺たちに話が来た。末晴（すえはる）と真理愛（まりあ）ちゃんは知名度があるし、話題性もある。このギリギリのスケジュールを考慮すれば、おそらくオレたち以上の代役は望めないだろう。だからまあ、最大限の配慮はしてくれると思うぜ。例えばさっき志田（しだ）ちゃんが出した条件とかは、きっちり守らせられるだろうな」

「……そうね。確かにそんな状況なら」

懸念を示していた黒羽だったが、話を聞いて少し前向きになってきたようだ。

「オレがいいと思った点は、短期間の企画だから勉強に大きな影響は出ないだろうって点だ」

真理愛がすかさず付け加えた。

「あと、さっき哲彦さんから指摘があった『舞台勘がさび付かないようにする』っていう点も見逃せません。ですよね、末晴お兄ちゃん？」

「ああ。群青同盟でやった演技って全部短いし、セリフの掛け合いもほとんどなかったしな」

ＣＭ、ＭＶ、〝チャイルド・キング〟の真エンディング——どれも数分レベル。復帰したばかりだから役を演じることができるだけでもありがたかったが、そろそろもうちょっとストーリー性があるものを……と思っていたのも事実だった。

「モモとしてもありがたいですね。十日で人前に立てるレベルに仕上げるのは大変ですが、それも課題だと思えばありかな、と。大学の学園祭であれば、プロの舞台ではないという気安さもありますし」

「だな」

白草はポツリとつぶやいた。

「スーちゃんの演劇、初めて見るかも」

お、発言から見て、すでに白草はやる方向に傾いているな。

白草が興味を示してくれたので、俺はちょっと自慢したくなった。

「俺、元々劇団に入ってたから、デビューする前は演劇のほうがメインだったぞ？　さすがにそのときの映像は一般にあまり出回ってないと思うけど」

ふふん、と経歴を誇ってみる。

白草は目を輝かせて聞いてきた。

「そっか、そうよね。舞台の感覚って、カメラの前に立つのと違うのかしら？」

「もちろん全然違う。当然、演じ方も変えなきゃダメだ。演劇だと大きなポーズをしたり、長ゼリフのときに歩き回ったりするだろ？　カメラの前でそれをやると、わざとらしくなるんだよな」

「へ～っ！　スーちゃん凄い！」

「いや～、そんなことないって～」

ヤバい、白草からファンの眼差しで見られるの、嬉しいなぁ！

白草は元々憧れの存在だし、作家先生だし！

そんな子から絶賛されたりしたら、ついつい頬が緩んで――

「末晴お兄ちゃん……役者としての一般常識レベルの知識をひけらかしてファンの女性をたぶらかすのはいかがなものかと……」

「うっ――」

真理愛から正論をぶつけられ、俺は素直に黙ることにした。

「無駄話はそのくらいにしろ。この案件だがな、回答の期限は今日までだ。時間がないだけに、オレたちに脈がなければすぐ別のやつに声をかけなきゃいけないらしい」

「じゃ、投票しよっか。みんなの顔を見る限り、だいたいの結論は出ている気がするんだけど」

黒羽が提案すると、皆次々と頷いていった。

ということで投票開始。

…………………

……………

……

「……最後の票も○。○が五票、満場一致で可決だな」

パチパチパチ、と形式上の拍手が部室に鳴り響く。

今回は俺と真理愛がメインか……。

「楽しみだな、モモ！」

「ええ！　ついに復活ですね、モモと末晴お兄ちゃんのコンビが！　これはもう無敵ですよ！」

真理愛が満面の笑みで返してくる。

こいつ、普段から笑顔が多いんだけど、役者ジャンキーみたいなところがあるから、こういう仕事絡みのときのほうが素っぽい笑顔なんだよな。

『素っぽい笑顔』という表現は変かもしれないが、真理愛は『作った笑顔かな？』と思うところが多い。

それは別に悪いことじゃない。いつも愛想がいい人は、笑顔を作っている部分がある。それは他人との交流を円滑にするための、善意の笑顔だ。むしろ長所と言えるだろう。

真理愛はまさにそれだ。いつも微笑んでいるのは感じがいいし、とっつきやすい。

ただそんな人にも弱点はある。『自分の心を隠すのがうますぎると、周りは本音がわからない』ことだ。実は苦しんでいても見逃してしまう可能性がある。さっき俺が『素っぽい笑顔』と表現したのは、真理愛が普段あまり見せない本音が出ているように感じたからだ。

「……ちょっとモモさん、いい？」

「何でしょう？」

黒羽の問いに、真理愛は可愛らしく首を傾げた。

「んー、何となく勘なんだけどね」

「はい？」

「今回の企画、モモさんはさりげなさを装っているけど、強く推している感じがしてね。ちょっと今スマホで調べたの」

「何をですか？」

「モモさんとNODOKAさんのドラマ出演情報」

「それが何か？」

「……モモさん、NODOKAさんと共演、してるよね？」

部室の気温が、急降下した気がした。

「え？　それって……？」

白草が困惑している。

ぶっちゃけ俺も予想外の展開で頭がついていかない。

「さっき、モモさん『NODOKAさんと直接話したことがない』って言ってた気がしたけど……聞き間違い？」

なるほど、話が見えてきた。つまり黒羽は『真理愛がNODOKAさんと繋がっているくせに、繋がっていないふりをしてこっそり企画を通そうとした』と考え、問い詰めているのだ。

なんというか……凄い。

これが真実だとしたら、さらっと嘘をついて企画を通した真理愛も、それに気がついた黒羽も。

黒羽が発する冷気で部室は冷え冷えになっていた。

空気が凍てついている。まるで突然部室が雪山になってしまったようだ。

吹雪の中にいるような状況下にもかかわらず、真理愛はにっこり笑うと、小首を傾げて言った。

「出演している回が違いますので」

「以前ハルから、打ち上げにはかかわった役者全員が呼ばれるって聞いたことがあるんだけど」

「……まあそういうこともありますね」

「あたしの予想だと、モモさんはNODOKAさんから群青同盟で依頼を受けてもらえるよう頼まれてるんじゃない？　モモさんとしても、役者の仕事ならハルとかかわることが増えるから、ラッキーとばかりに引き受け、哲彦くんと連携してこの企画が可決されるよう仕向けた……違う？」

「何のことやら」

真理愛はあらぬ方向を向いてとぼける。

眉間に皺を寄せて話の推移を見守っていた白草は、ギロリと真理愛をにらみつけた。

「なるほど……そういうこと！　妙に話ができあがっていると思ったわ！」

二人から責められ、さすがの真理愛も逃げきれない。うつむき、黙っているのみだ。

「何か言ったらどう、モモさん！」

僅かに沈黙があった。

そして次の瞬間――

「ふふっ、ふふふふ――」

「「「「!?」」」」

真理愛は不気味な笑い声を上げた。

いつもと違う雰囲気に、誰もが口をつぐんで成り行きを見つめる。

真理愛はゆっくり立ち上がると、背を向けたまま顔だけ斜めの角度から振り返り、邪悪な表情を浮かべて告げた。

「とんだ名探偵がいたものですね――そうです、モモが犯人です……っ！」

「………？」

俺は首をひねった。

あれ、いつの間にミステリーになってたんだっけ？

「見ましたか、末晴お兄ちゃん！　モモの名演を！　ミステリーやサスペンスもやれると思いませんか？」

「ああ、うん、いい演技だったが――どんな話、してたっけ？」

「ハル！　勢いに騙されないで！　モモさんが裏で手を回して今回の企画を通したって話だって！」

ああ、そうか。

真理愛の演技のインパクトが強すぎて話が頭から飛んでいた。

「やりますね、名探偵クロノワール」

「何なのよ、その名前⁉」

「えっ⁉　その流れだと私の名前が某喫茶店のメニューみたいになるからやめて⁉」

ああ、シロノ○ールね。俺は大好きだぞ。

「安心してください、白草さん。あっさり騙されていたあなたはワトソンにもなれません。せいぜい文句を言って最初に殺されるお嬢様Aです」

「ホントあなたは――」

「ストップストップ！」

俺が割って入って止めると、すかさず真理愛は俺の後ろに隠れた。

「スーちゃん、どいて！」

「ちょっと落ち着けって！」

「べーっ」

俺の背に隠れたまま、真理愛があっかんベーをする。

俺はアイアンクローの要領で真理愛の頰を摑んだ。

「……おい、モモ。さすがに火に油を注ぐのはやめておけ」

真理愛の顔は想像よりずっと小さく、頬は思いのほか柔らかかった。

俺はそのことに動揺したが、ここで甘い顔をしては同じことが繰り返されるだけ。心を鬼にして圧力をかけ続けた。

しかし――

「きゃっ、嫌ですよ、末晴お兄ちゃん。そんな怖い顔をして。カッコいいお顔が台無しです」

「あいかわらず謝る気ねぇなぁ！」

このふてぶてしさ、いつの間に身に付けたんだよ！　昔は人間不信だっただろ、お前！

哲彦がため息をついた。

「んじゃ今日はこれで終わりな。これからすぐにOKとメールして、夜には台本のデータを手に入れてみんなに送るから。末晴と真理愛ちゃんはすでに役が確定してるはずだから、読み込むのを始めておいてくれ」

「了解」

「わかりました」

「あ、それと――」

哲彦は本当に何でもないことのように言った。

「とある筋から、真理愛ちゃんの両親が真理愛ちゃんに会いに来るかもって情報を手に入れた。

全員協力してくれ」

さらっと告げられた重要情報に、俺は一瞬で理解し切れなかった。

「ちょ……え？　何言ってんだ……？　おい、哲彦……」

意味がわからず口が滑る俺。白草は冷静に尋ねた。

「桃坂さんのご両親って、どういうこと？　そんなに問題があることなの？　お姉さんと二人暮らしで、複雑な事情があることは少しだけ聞いているけれども」

表情を見る限り、おそらくこのメンバーの中で白草が一番事情を知らないのだろう。

当然俺は全部知っている。黒羽は昔、俺が真理愛のことを何度も話したことがあるので、それを覚えていたのだろう。何でも屋をやっていて独自の情報網を持っている玲菜も、ある程度知っているとみていい。

だからこそ逆に白草だけがすんなり反応できたのかもしれなかった。

「モモ、どうする？　言うか？」

俺が尋ねると、真理愛は一度深呼吸をしてゆっくりと目を見開いた。

「皆さんにはお世話になっていますからね。モモから軽く事情を話させてもらいます」

そんな前振りをして、以下のことを語った。

『両親はかなり問題がある人間で、姉が中学を卒業したと同時に自分を連れて逃げ出してくれていなければ、芸能界どころか野垂れ死にをしていただろうこと』

『有名になった後、一度両親が事務所へ金の無心にやってきたこと』

『そのときは当時の事務所社長ニーナ・ハーディの機転のおかげで恐喝の証拠を摑み、事務所から圧力をかけたことでおとなしくなったこと』

『事務所を辞めた際、その証拠を譲ってもらえるよう交渉したが、【なくしてしまってすぐには出てこない。探してみる】と言われている。たぶん噓』

『そのため以前から両親が会いに来る可能性は薄々想定していたこと』

知らない情報も混じっていたため、俺は確認してみた。

「モモ、両親……一度事務所に来てたのか」

「ええ。末晴お兄ちゃんが引退同然となってからです。モモの知名度が急激に上がったのは、そのころなので」

真理愛は淡々としている。俺のほうが頭に血が上っているくらいだ。

だって、何てムカつく話だろうか。

暴力をふるい、娘たちが逃げ出したのに、有名になったから金の無心に来た？

どんだけクズなんだよ、真理愛の両親。はっきり言って、ここまでのクズはめったにいない。

たっぷり説教して、一生償わせてやりたいくらいだ。

なのに――真理愛は火が消えたように冷めている。

「おい、哲彦！　どうして『今更』なんだよ！　事務所を辞めたせいで押しかけてくるなら、もっと早くてもいいだろ⁉」

「……たぶんだがな、あのクソ社長はこのカードを切るタイミングを計っていたんだと思うんだよな」

「タイミング？　何の狙いがあってだよ」

「今のところ憶測にしかならねぇから、言うのやめておく。ただ真理愛ちゃんの両親が動いているのは間違いない。だから――」

哲彦は群青同盟のメンツを見回した。

「オレたちで真理愛ちゃんを守るぞ。具体的には、このメンツの誰かが登下校を一緒にするべきだと思ってる。どうだ？」

……なるほどな。

もし真理愛の両親が来ても、学校なら俺たちが揃っている。家なら姉の絵里さんがいる。だから一番警戒が必要なのは登下校というわけか。

「哲彦さん、ありがとうございます」

真理愛は深々と頭を下げた。品の良さが見える、美しいお辞儀だった。

「しかしそこまで迷惑をかけられません。ご提案は辞退させてもらいます」

「モモ！」

俺は憤りを覚えずにはいられなかった。

「お前、あんだけ人間不信になってたのは、両親のせいだろ？　そんなやつらが狙ってきているんだ！　俺たちを頼ればいいじゃねぇか！」

「……あくまで『狙ってきているかも』ですよね？」

真理愛の屁理屈を、哲彦は遠回しに封じた。

「限りなく『狙ってきている』に近い、『狙ってきているかも』だ」

「じゃあ狙ってきていると仮定しましょう。でも末晴お兄ちゃん、もうモモは十六歳ですよ？　震えているだけの子供じゃありません。結婚だってできる年齢です。困った両親への対応もまた、子としての役目。末晴お兄ちゃんはモモが両親に負けるような人間だと思いますか？」

「いや……そうは思わないが……」

芸能界の荒波を潜り抜けてきた真理愛のふてぶてしさ、狡猾さは凄い。普通のやつなら簡単に転がされるだろう。

でも――

「相手が相手なだけにさ。心配なんだよ」

「あたしもハルに賛成」

どうやら俺と同様、黒羽も話を聞いて真理愛の両親には腹に据えかねていたらしい。

力強く俺の意見を補足した。

「確かにモモさんはやり手よ。でもちょっと聞いただけでも、モモさんのご両親は危険な感じがするの。手玉に取るとかそういうレベルじゃなくて……そう……そもそもかかわったら負け……そんな雰囲気」

さすが黒羽。うまく表現してくれた。

そう、真理愛の両親はかかわっちゃいけないレベルだ。真理愛がどれほどしっかりしていても、一人で対応させちゃダメな気がする。

「私も同感ね。相手が悪すぎるわ。常に誰かが近くにいて、すぐに助けられるようにしておくべきよ」

白草の口調からは、抑えきれない怒りがにじみ出ている。

「桃坂さん、遠慮なく言わせてもらうけれど、あなたのご両親の話、聞いていて最高に気分が悪くなったわ。本当に……本当の本当にありえない話だわ……。パパに頼んでボディーガードを手配してもらったほうがいいんじゃないかしらって思ってるくらいよ……」

「いえいえ、白草さん！　そこまでは！」

さらに踏み込んだ白草の提案に、真理愛は困り顔になった。

俺としてはいい案だと思うんだが、大事にしたがらないのは真理愛にこの一件が身内の恥って意識があるからかもしれない。

「じゃあ私たちの協力くらいは受け取っておくべきね」

「あの、白草さん……そう言っていただけるのはありがたいんですが、対処くらいモモだけでもできますので……」

「ありがたいと思うなら提案を受けるべきよ」

「しかし……」

断固として引かない白草と何とかして断ろうとする真理愛。

その中に割って入ったのは玲菜だった。

「ももちー、あっしたちの協力、受け取って欲しいっス」

「玲菜さん……」

真理愛にとって玲菜の立ち位置は、他の群青同盟のメンバーとちょっと違う。

玲菜は群青同盟で唯一真理愛と同学年、同じクラス。一番対等で、関係も良好だ。

そんな玲菜から言われ、真理愛も随分揺れているようだった。

どうすれば最後の一押しができるのか俺が思案していると、黒羽がつぶやいた。

「哲彦くん、その話は確かなのよね？」

「ああ。いつ接触してくるかまではわからねーが、真理愛ちゃんの両親が動いていることは間違いねぇ」

「じゃあこうしよ、モモさん」

黒羽は真っ直ぐ真理愛を見据えた。

「――登下校、ハルが一緒に行くの。それで問題ある？」

正直、俺の中にその発想はあった。

でも黒羽が言うのは完全に予想外だった。

「ちょ、志田さん⁉　何を言っているの⁉」

白草が驚きの声を上げる。

「何って？　言ったままだけど？」

「だって――」

「モモさんと一番仲がいいのはハル。だからモモさんもあたしたちが付き添うより気が楽だろうし、ハルは男だから、いざというときはあたしたちより頼りになると思うの」

「そ、そうかもしれないけれど……」

「あと今回、企画のメインは役者として参加するハルとモモさん。この先、二人で打ち合わせたり稽古したりすることが多くなるでしょ？　どっちにしろ一緒にいるなら、登下校のときに済ませれば効率がいいと思うんだけど」

黒羽の論理は非常に納得がいくものだった。

――『おさかの』という関係がなければの話、だが。

黒羽は俺にはっきりと『好き』って言ってくれている。密かに『おさかの』という、恋人に近い関係でもある。その黒羽からすれば、俺と真理愛が毎日一緒に登下校するなんて、当然嫌だろう。

だから俺はこっそりと耳打ちした。

「クロ……いいのか？」

「……いいと思ってるから提案してるんだけど？」

「そ、そうか？」

「うん。力になってあげて」

「……そっか。ありがとな」

俺は黒羽が理解があることに感謝した。

例えば恋人同士なら、恋人が別の異性と登下校するのを認めるなんて、いくら事情があってもまずないだろう。『おさかの』だから止められないとしても、不快さは出して当たり前。今回みたいに黒羽側から提案してくるのは、ありえない話だ。

でも、本当にありがたい。

俺は真理愛の両親がたかりに来ると聞いて、じっとしていられなかった。

両親が接触してきたことで、万が一真理愛が昔のように死んだ目になってしまうとしたら――想像するだけでも背筋が凍る。

なんとしても真理愛を守らなければならない。だから俺は黒羽が反対しても真理愛の傍にいて助けになるつもりだったが――さすが黒羽、自慢の幼なじみだ。

「それで……あたしの提案はどう？　モモさん？」

真理愛としても驚くべき提案だったのだろう。

不審げに黒羽の様子を観察していたが、やがてポツリとつぶやいた。

「それでいいのなら、モモは喜んで受け入れさせてもらいますが――」

「何か言いたいことでも？」

「……いえ。恩を売られてしまったな、と思いまして」

「気にしなくていいのよ。同情して協力を申し出ているだけだから。もちろん恩に感じてくれるならありがたいけれど」

淡々としゃべっているせいで、黒羽の感情が読めない。

本当に心配しているようにも思えるし、何か深慮遠謀があるような気もする。たぶん真理愛が引っかかっているのもその点だろう。

「――わかりました。感謝します」

結局真理愛は提案を受けた。つまり登下校は俺が付き添うってことだ。

俺はホッと胸をなでおろした。これで何かあっても、傍にいて力になれる。

黒羽が付け加えた。

「ただ一応期限だけ決めておかない？　例えば……そう、ハルが一緒に登下校するのは、演劇が終わるまで。もしそのときまでモモさんのご両親が接触してこないなら、ハルにだけ負担をかけすぎるのもよくないから、もう一度対応を相談するっていうのでどう？」

「ま、その辺が妥当だろうな」

哲彦が賛同し、それに誰も反論しなかった。

そういうことで、この日の会議は終わりを告げた。

＊

会議後、黒羽は末晴が真理愛に付き添って学校を出るのを見届けた。

そして自分も帰ろうとしたそのとき、声をかけられた。

「志田さん、ちょっと聞きたいことがあるんだけど？」

白草が両手を腰に当て、にらみつけてきている。

無視して帰りたいところだったが、逃げられそうにない。

黒羽は肩をすくめた。

「……駅までよければ」

「わかったわ。自転車を取ってくるから待っていてちょうだい」

白草は駆けていくと、すぐに自転車に乗って現れた。

こうして二人は並んで学校を出た。

「さっきのこと、どういうわけ？」

「さっきのことって？」

歩きながら二人は語り合う。

「とぼけないで。スーちゃんを桃坂さんの登下校につけたことよ」

「だってモモさん、大変なことになってるじゃない。力を貸してあげないと」

「ええ、後輩想いの素晴らしい言葉だわ。あなたじゃなければ素直にそう取るところだけど……あなたはそういうタイプじゃないわよね？」

「ひどいなぁ、本当にそう思ってるのに」

「じゃあ言い方を変えるわ。後輩を想っての提案だけれど、い、い、い、それだけであ、あ、あんなこと言い出さないわよね？」

黒羽はため息をついた。

白草はポンコツだが、頭が悪いわけじゃない。

「可知さんって、この前のファンクラブの一件、どう整理してる？」

「整理って？」

「自分の行動の反省とか」

白草は少しだけ思案し、口を開いた。

「スーちゃんにあそこまでさせちゃったことを後悔したわ。もっといい方法はなかったのかって、今でも思ってる。もちろんファンクラブを切り捨てて、私たちのほうを優先してくれたことはたまらなく嬉しいけれど」

「……ま、あたしも気持ち的に近い部分はあるんだけど、あんな展開になったのは、あたしたちが組んじゃったせいだと思うの」

白草は足を止めた。自転車のハンドルを持つ手に力を込め、じっと黒羽の背中を見つめる。

「どういうこと？」

黒羽もまた立ち止まり、振り返った。

「思い出してみて。あたしたちが組んで、何かうまくいった？」

「……いえ。渋谷で尾行したときも、結局ファンクラブの子と仲良くなっちゃって、甲斐くんにうまく利用されて……」

「そう。あたしたちは共同戦線を張ったせいで積極性を欠いていた。互いの行動力や発想力を知っているがゆえに、つい様子を見たり、人任せにしちゃったりする部分があったと思わない？　船頭多くして船山に上る、っていうのかな。たぶん三人バラバラでファンクラブに対処していたら、もっと早く解決していたと思う」

黒羽は歯噛みした。

そう、組んだからといっていい結果が出るとは限らない。ファンクラブの一件はまさにそのパターンだ。

もし勝ち負けで判断するとしたら、三人とも失敗したあげく、相対的に引き分けになったという低レベルな争いだった。

（でも、だからこそ、今回はそんなミスはしない――）

黒羽はぎゅっと手を握りしめた。

「そうかもしれないけれど……それが今回の桃坂さんの一件とどう関係が？」

「つまりあたしはあたしで好きにやるから、可知さんは可知さんで好きに行動すれば？　ってだけよ。今回、あたしは先輩としてできる限りモモさんの助けになってあげるつもり。もちろんモモさんがハルに近づいても邪魔をするつもりはないから」

「……えっ？　ええええぇぇぇぇ⁉」

白草が驚きの声を上げる。

黒羽は周囲の視線を気にしたが、白草は目をパチクリさせるばかりだ。

「ちょ、はぁっ？　あの志田さんが？　嘘でしょう？　どの口が言っているのかしら？　悪いものでも食べたの？　それともまた記憶喪失？」

「可知さん、小説家なんだからもう少し言葉を選んで欲しいんだけど……」

「え、でも、だって……」

「とりあえずあたしはそういう方針だから。可知さんはお好きにどうぞ。あ、でもモモさん以外がハルに変なちょっかいをかけてくるなら、あたしは遠慮なく妨害するから。当然可知さんもその対象ね。それは覚えておいて」

黒羽は淡々と告げたが、白草は混乱が収まらないようだった。

「え？　桃坂さんだけ、特別扱い……？　あなた、何が見えているの……？」

「それを教えたら、組むのと同じじゃよ」

白草とはライバル。すべてを話す義理があるわけではない。

黒羽は先を歩き始めた。

「ちょ、待ちなさいよ！」

慌てて白草が追ってくる。

「あなたらしくないわ！　どういうつもり!?」

「だから先輩として後輩の助けに――」

「それが怪しすぎるのよっ！」

「じゃあ可知さんはどうするの？　邪魔する？」

問われるまで自分がどう動くかは決めていなかったらしい。

白草は目を伏せ、少しずつ絞り出すように言った。

「そ、それは……桃坂さんの家庭環境はあまりに可哀そうだし……力になれることはできる限りしてあげたいと思ってるわよ……」

「そ。じゃあそれで別にいいんじゃない？」

「だからその態度が怪しすぎるわよっ！」

問い詰める白草と、しれっとしている黒羽。

言い合いながらも二人の話はこれ以上進まず、そのまま駅に着いて別れることになった。

＊

俺が夕食と風呂を終えて自室に戻ると、哲彦から台本のデータが届いていた。

「あ、これ、NODOKAさんの本名か」

台本の表紙に『原作：ハンス・クリスチャン・アンデルセン』『脚本：上出のどか【演劇サークル茶船】』とあった。

「考えてみれば、童話を土台にしてるって珍しいなぁ」

大学演劇ってオリジナルをやりたがる傾向がある……ように思う。高校と違って、大学は顧問なんていなくて、自由にやれるからだ。

その分レベルはピンキリで、高校の延長線上のサークルからセミプロレベルまである。時々凄い才能の人が大学で劇団を立ち上げた結果、大人気になって、そのまま劇団ごとプロとなった例も少なくない。

とりあえず全体を把握しようと台本を斜め読みしていると、真理愛から電話がかかってきた。

「末晴お兄ちゃん、台本見ましたか？」

「ああ、ちょうど読み始めてた。さっき話してた、台本読みしていくか」

「ええ」

会議後、俺は決定通り真理愛を家まで送った。その際に、台本が届いたら一緒に台本読みをしないかという話題になり、了承していたのだ。

台本読みとは、文字のごとく台本を読むことだ。

ポイントは『実際に声に出す』という点にあるだろう。

ト書きを演出家が読むとか、セリフは最初感情を出さずに読むとか、様々なやり方があり、それぞれに意図や好みがある。

まあ今回は俺と真理愛だけだから、互いの役——俺が王子様、真理愛が人魚姫を読むのは決まりとして、あとは適当に役を割り振っておいた。

「ちょっと待ってくれ」

俺は携帯をスピーカーに切り替えると、ノートパソコンを操作し、台本のページを何回か試しにめくってみた。

「よし、オッケー。モモはどうだ？」

「こっちも大丈夫です。それでは始めましょう」

そうして俺と真理愛（まりあ）は台本読み（ほんよ）を始めた。


……

…………

……………


【人魚姫　茶船（させん）バージョン】

人魚姫はある日、船の上にいる美しい人間の王子を目にして恋心を抱く。

しかしその日の夜、嵐が船を襲い、王子は海に放り出されてしまった。

人魚姫は慌てて助けるが、人間である王子を海の中に連れて行くことはできない。そのため浜辺にまで連れて行く。

意識を失っている王子を助けるため、人魚姫は人を探しに行き、修道院を見つけた。そしてそこにいた一人の少女を誘導し、王子を見つけさせる。

人魚姫は少女が王子を助けたのを確認すると、安堵（あんど）してその場を去った。

海の底に戻った人魚姫は、次第に王子への想（おも）いが募っていった。

人魚姫は両親に『種族が違う人間と結ばれることはなく、不幸になるだけ』と言われ、王子と会うことを禁止される。しかしどうしても王子のことが忘れられず、悩んだ果てに禁忌とされていた海の魔女の家を訪ねた。

そこで人魚姫は魔女に言われる。

『お前の美しい声と引き換えにするなら、尻尾を人間の足に変える飲み薬をあげよう。しかし王子に愛を貰(もら)うことができなければ、お前は海の泡となって消えてしまうよ』

重い代償だったが、王子に恋をしている人魚姫は、魔女から与えられた薬を飲み干してしまうのだった。


薬を飲んだことで激痛に襲われ、波打ち際(なみうちぎわ)で意識を失っていた人魚姫を王子が発見する。そのときには尻尾が人間の足となっていた。

人魚姫は意識を取り戻すが、声が出ない。

哀れに思った王子は人魚姫を宮殿へ連れて行き、看護する。

王子と一緒に宮殿で暮らせるようになったことを喜ぶ人魚姫だったが、ある事実を知り、愕然(がくぜん)とする。

王子は修道院の少女を『命の恩人』と思い込み、恋心を抱いていたのだ。

(王子の命を助けたのはわたしなのに……。どうしてこんなことに……)

しかし人間の足を手に入れる代わりに声を失ったため、説明することができない。人魚は文字を使わないため、文章でも伝えられない。

思い悩む人魚姫だが、塞ぎ込んでいるのは声が出せないためと勘違いした王子は、人魚姫をあちこち連れて行ってくれる。

親しくなるほど、人魚姫の想(おも)いはさらに募っていった。

そんな折、人魚姫は侍女から王子が自分によくしてくれる理由を聞かされる。

『王子様には幼いときに亡(な)くした妹君がいて、その妹君とあなたはそっくりなのよ』

自分に対する親しげな行為が家族に等しい感情からであったことがわかり、ショックを受ける人魚姫。しかも近しい存在となったことで、王子の悩みを聞くようになっていた。

『隣国の姫との縁談が決まっているんだ。僕は修道院のあの少女を愛しているのに。でも彼女は修道院の人だから、結婚なんてできないんだろうな……』

運命は皮肉だった。

王子との縁談が上がった隣国の姫とは、修道院の少女だった。姫は修道院へ教養を身に付けるために入っていただけだった。

最初はどうにか縁談を断れないかと考えていた王子だったが、想(おも)い人(びと)が縁談相手と知って喜んで婚姻を受け入れ、姫を妃(きさき)に迎えることにする。

人形姫はその事実に絶望した。

結ばれることもなく、かといって海に帰ることもできず、海辺で悲嘆に暮れる人魚姫の前に姉が現れ、海の魔女に貰った短剣を差し出す。

『王子の流した返り血を浴びることで人魚の姿に戻れる』

そう海の魔女が言ったという。

短剣を姉から受け取った人魚姫は、呆然とその刃を見つめ、一つの決意をする。

その日の夜、人魚姫は王子の寝室に忍び込んだ。

王子は安らかな顔で眠っている。

そんな王子に向けて、人魚姫は短剣を振り上げた。

しかし――

王子が寝言で、想い人である姫の名を呼ぶ。

それで我に返った。

人魚姫は短剣を遠くの波間へ投げ捨てると、そのまま海に身を投げた。

泡に姿を変える人魚姫。

人魚姫は愛する王子の幸福を壊すことができずに、死を選んだのだった。

王子と姫の結婚式の日、風の精霊へと生まれ変わった人魚姫が泡を運んで祝福する。

その不思議な現象を見て、王子はふといつの間にかいなくなっていた人魚姫のことを思い出す。

王子が寂しい思いを姫に告げると、姫は『これからはわたしがいますから』と励ますのだった。

………………

…………

……

「悲しい物語だな」

元々概要は知っていた。しかし改めて読むと、趣が違う。

真っ先に思ったのは、人魚姫が可哀(かわい)そうすぎるということだった。

かといって王子や姫が悪いわけじゃない。人魚姫の真実を知らなかっただけ。

ただただ人魚姫が可哀(かわい)そうだった。

この脚本は元々強い人魚姫の【悲恋】の側面――そこに絞り、現代でもわかりやすいように設定をアレンジしているように感じた。

「……人魚姫って、『想い人が別の人を想う姿を見続けて苦しんだあげく、報われない物語』なんですね」

人魚姫の受け止め方は多々あると思うが、真理愛(まりあ)はそんな風に受け取ったのか。

「今までお前がやってきた役とちょっと違うな」

真理愛はドラマ〝理想の妹〟で、ちゃっかり者で完璧な妹を演じた。これ、普段の真理愛より随分おとなしいものの、ちゃっかりしているところは通じるものがあった。その他〝チャイルド・キング〟ではデイトレーダーの快活な少女を演じている。

真理愛に求められてきたのは『可愛さ』『賢さ』『ちょっとしたあざとさ』だ。

『可愛さ』はどの作品でも大抵求められるだろう。

だが人魚姫に『賢さ』と『ちょっとしたあざとさ』はあまりない。むしろもうちょっと賢くあざとく立ち回って欲しい、と見ているほうがヤキモキするほどだ。

「……ですね。でも――」

真理愛は澄んだ声色でつぶやいた。

「とても感情移入しやすい役です。やりがいがありますね」

「そうか？　随分イメージが違うが」

「もう、末晴お兄ちゃん。失礼じゃないですか？　わたしにはお兄ちゃんの知らない一面もあるんですよ？」

すねているけど、ちょっと大人びた言い方で――思わずドキッとしてしまった。

「そ、そっか。悪かったな」

「？　はい、わかってもらえたならよかったです」

真理愛は時々思わぬ一面が出てくるから恐ろしい。

ただ、それはいつも本人が計算していないとき。真理愛は素のときにこそ普段狙っている効果が出ている気がする。

……何となく真理愛らしい話だ。

「お、哲彦から追加メールが来てるな。土曜に俺たち全員で顔合わせに大学行くんだってよ」

「……はい、モモも確認しました。となると、演出さんに聞いておきたいことを今のうちに挙げていきましょうか」

「だな」

俺はシャープペンシルを手に取り、台本の気になったところを探し始めた。

「あ、そういえば末晴お兄ちゃん」

「何だ？」

「今度、うちでお食事会しませんか？」

「そりゃいいけど……お前と二人か？」

真理愛と二人っきりでもダメではないが、いい年ごろの男女だし、相手の家に上がるのはちょっと照れくさい……というか、抵抗感がある。

真理愛の場合、食事に睡眠薬を混入してきて気がついたら両手を手錠で拘束されたあげく、『末晴お兄ちゃん、覚悟してくださいね……。これから好き放題しちゃいますから……』みたいな展開になりそうで――

ん？　それはそれでありか……？

いや、やっぱありじゃねーよ！

「ふふふ、末晴お兄ちゃん、モモと二人きりだと意識しちゃって大変なんですね、わかります」

「それ、だいぶわかってねーぞ」

「安心してください。モモの気持ちは準備万端ですから」

「あいかわらず話聞いてねぇな……」

「ちなみにこのお誘いは、お姉ちゃん発案なんです」

「へぇ、絵里さんが……」

美人で可愛くておおらかな、お酒大好きズボラ系お姉さん、大好きです。

「お姉ちゃんとしては沖縄旅行のお礼をしたいらしいんですけど、全員を呼ぶのは準備や調整も大変なので。とりあえず一番親交の深い末晴お兄ちゃんをまず呼ぼうかな、ということらしいです。栄養バランスの悪い食事してそうですし」

「そいつはありがたいな……。ぶっちゃけ冷凍食品やレトルトがほとんどなんだが、野菜はたまに野菜ジュースを飲むくらいでさ」

「でしょう？　今回、登下校について来てもらうことにもなりましたし。負担をかけてしまうお詫びも兼ねて……ダメですか？」

お誘いを断るのも悪いし、絵里さんがいてくれるなら変な空気にもならないから問題ないだろう。

「じゃあ日曜とかどうですか？　夕方六時くらいにうちに来てください」

「オッケー」

「せっかくなんで台本も持ってきてくれると、二人で読み合わせとかできてよさそうかな、と」

「そうだな」

真理愛が相手だと話が早いな。それだけお互いを理解しているし、リズムが合うというか、得意不得意な部分がうまくかみ合っていると言えばいいのだろうか。

黒羽とは――気心は知れているが、芸能界のことに関してはどうしてもかみ合わない。役者としての技術面の話とか、悩みとか、微妙な人間関係とか……この辺りに関して、客観的なアドバイスや励ましはくれても、理解してもらうのは本質的に無理と言っていい。もちろん、食事の面も。

白草とは――互いに信頼し合っていると思っているが、性格的には結構真逆だと思う。ストイックで隙を見せない白草に対し、俺はズボラでプライドがないタイプ。その自分にないところが惹かれる部分でもあるのだが、どこかでずれてくると修復が大変かもしれない。

（そうして考えると、たぶん真理愛が一番相性がいいんだよな……）

年こそ一つ俺が上で、『末晴お兄ちゃん』などと呼ばれているが、同じ役者であり、互いに尊敬し合い、高め合える関係だと思う。

　ズボラな俺に対し、しっかり者の妹的な真理愛は、料理など家庭的な部分もしっかりサポートしてくれる。このサポート力は、器用さもあって白草より圧倒的に上だ。そもそも白草とは『白草が俺をサポートする』より、『白草がポンコツになりかけたとき俺がサポートする』という関係のほうがうまくいく気がする。

　また俺をひたすらサポートしてくれる黒羽と違い、時折すねてやけっぱちになる真理愛は、俺がサポートしたり励ましたりすることもある。この一方的に支えるという構図にならないところが、真理愛と相性がいいかもと思う部分だ。

『モモと末晴お兄ちゃんは最強のパートナーなんですっ！』

　以前、真理愛が言った言葉。

　こういうやりやすさを挙げてみると、真理愛はいいパートナーなんだよな、と改めて実感するのだった。

「あ、もういい時間ですね。じゃあ末晴お兄ちゃん、また明日！」

「ああ、また明日な」

　電話を切る。

　俺はデスクから離れ、ベッドに寝転がった。

「昔から才能は感じてたけど、あのモモがここまでになるとはなぁ……」

昔、散々困らされた俺としては、問題児の印象がとても強い。

でも今は引退同然だった俺なんかより遥かに知名度も人気もある。正直……心の奥底で、嫉妬に近い感情を覚えたこともあるほどだ。

加えて料理もできて、愛想も良く、掃除や気配りもできて——

（あれ、こいつ最強じゃね……？）

ふとそんなことを思い、俺は頭を振った。

「いやいやいや、何を考えてるんだ、俺！　よし、寝よう！　そうしよう！　明日の朝モモを迎えにいかなきゃいけないんだし！」

言い訳チックな言葉を虚空に吐いて、俺は電気を消した。

その日の夢は、六年前の真理愛が俺に抱き着いてきて、背負っている間にどんどん年を取り、気がついたら今の真理愛になっているという、謎の夢だった。

第二章　虹内・キルスティ・雛菊

＊

慶旺大学の正門は土曜なのに大学生が慌ただしく行き交っていた。

一週間後に学園祭が控えているためだろう。ヘンテコなTシャツを着たり、訳のわからない荷物を持っていたりする人がいる。それがお祭りらしさを醸し出していて、ワクワクさせる空気が広がっていた。

「……遅くなりました！」

帽子に伊達メガネ、フリフリのワンピース。

そんな出で立ちの真理愛が息を切らせて駆け寄ってきた。

「珍しいな。モモが最後か」

真理愛はスケジュール管理をきっちりするタイプだから、ちゃんと本番五分前には準備を完了しているのが普通だ。

ちなみに今日俺が迎えに行かなかったのは、休日だから絵里さんが家にいるし、家を出てすぐタクシーに乗って大学に行くから大丈夫、という話になったためだった。

「すみません、末晴お兄ちゃんに見せる服装を考えていたら、つい迷ってしまいまして……どうですか、末晴お兄ちゃん？」

スカートの裾を広げ、真理愛がアピールしてくる。

コーディネートに時間をかけたせいか、確かにいつもと気合いが違う。メガネも可愛らしさに隠れがちな真理愛が本来持つ知的な部分をこれでもかと強調しているかのようだ。

「……お、そのメガネは初めて見たなぁ。ただお前ならわかってるだろうが、遅刻はダメだぞ？」

真理愛はドングリをほおばったリスのように口を膨らませた。

「ぷぅ。もちろんわかってますとも！　でもコーディネートに時間をかける女心もわかって欲しいというか……」

そう言いつつ、真理愛が俺にすり寄ってくる。そして俺の手を握ろうとした瞬間、白草がその手を押さえた。

「あなたが一番の有名人なんだから、目立つ行動はやめて欲しいわ」

「あらあら白草さん、いたんですか。つい末晴お兄ちゃんと二人の世界を作り上げてしまっていたのでまったく見えなかっ――」

「はいはい、わかったからこっちに。少なくとも外ではおとなしくしておいて欲しいものだわ……」

「ま、まだインナーのフリル見せてないのに～っ！」

白草が真理愛を引きずっていく。

（シロのやつ、モモのあしらい方、慣れてきたなぁ）

と思いつつ、ふと気がついた。

いつもこういうとき同調する黒羽が、まったく動いていない。

「クロ……？」

「ん？　どうしたの、ハル？」

「え、あ、いや……」

「変なハル」

おかしいのは黒羽だと思ったが、さすがに言えなかった。

不機嫌でもないし、体調が悪いわけでもなさそうだ。普段と同じに見えるのだが、ちょっとした違和感が残った。

「まあいっか。これで全員揃ったな。じゃあ哲彦、行くか」

現在正門にいるのは、俺、哲彦、黒羽、白草、真理愛、玲菜のいつものメンツ。

玲菜と打ち合わせをしていた哲彦は、俺の声に振り返った。

「いや、末晴。先方が迎えに来てくれるそうだ。もうちょい待機な」

「ん？　そうなのか？」

「お、ちょうど集合時間か。そろそろ来ると思うが……」

すると、並木の向こう側から男の人が手を振ってきた。

遠くから見てもわかるこじゃれた服装に、端整な容姿。

(この人がお迎えか……ん？　どこかで見たことあるような……)

なんてことを思っていたが、近づけば当然顔がはっきりと認識できる。

すぐに正体は判明した。

「やぁ、群青同盟の皆さん。僕が今日案内役を務める阿部充です。よろしく」

「えっ、充先輩⁉　どうして⁉」

白草が真っ先に反応した。

そういや阿部先輩と白草って、昔から家族ぐるみの付き合いで、兄妹みたいな関係なんだっけ。

「いやぁ、僕の父、広告研究会のOBで。僕、この大学に合格したから、広告研究会の人に連絡取ってみたら、遊びに来ていいって言うからさ。もう先月くらいから顔を出してるんだ」

「そうだったの」

う、ちょっともやもやするなぁ。

白草が阿部先輩と恋人関係って言ったのは嘘……と本人からも聞いているのだが、やっぱり親しげな姿を見ると、心がざわつく。

ただまあ、時間が経ったから冷静になったのだろうか。恋人って雰囲気ではない、ということはわかる。よくよく見てみると、聞いていた通り兄妹っぽい感じだ。

「……はぁ。なんでこんなとこでこんなやつと会わなきゃいけないんだか」

哲彦はぞんざいにつぶやいた。厄日だと言わんばかりだ。

「つれないこと言うじゃないか。君たちが来るっていうから、僕が案内役を買って出たんだよ？」

「……めんどくせー」

哲彦の対応がひどい。俺も阿部先輩のことは好きじゃないけれど、一応先輩。さすがにここまでの悪態はつかない。

そんな哲彦だったが、突如何か思いついたのか、ハッと顔を上げた。

「……って、ちょっと待てよ。まさか、今回の依頼って――」

阿部先輩は哲彦の態度の悪さにも一切笑顔を崩さなかった。

「ああ、そうなんだ。皆さんが困っていたから、僕が群青同盟に依頼してみたらどうだろうって案を出したんだ。そうしたら思いのほか賛同がもらえてね」

「まさかNODOKAさんから真理愛ちゃんに連絡があったのも――」

「そう、本を正せば僕の発案なんだ。病院にいるNODOKAさんからも桃坂さんなら任せられるってメールが来て、群青同盟へ依頼するって話はトントン拍子に進んだってわけさ」

哲彦はこれ見よがしに舌打ちした。

「ちっ、そうと知っていれば受けなかったものを……」

「だと思ったから僕の名前を伏せて依頼させてもらったんだ。最初は僕づてで依頼しようという話も出ていたんだけどね。よかった、予想は当たっていたようだ」

「まったくいつもいつも――」

「いやはや、また君の敗北顔が見られるなんて、なんだか得した気分だな」

……ん？　あれ？

なんだか哲彦と阿部先輩って、親しいというか……だいぶ顔なじみ？

俺は哲彦を肘で小突いた。

「おい、哲彦。お前いつの間に阿部先輩と仲良くなってるんだよ」

「仲良くなってねーよ！」

「いやだってさ」

「オレはストーキングされて困ってる被害者だっつーの！」

「へ？　ストーキング？」

俺は阿部先輩の顔を覗き込んだ。

あいかわらずニコニコしていて、さわやかなイケメン。

ううっ……見ているだけで自分の容姿のみじめさを教えられているようで、劣等感にさいなまれてしまうぜ……っ！

「たまに話をしているだけなんだけど、甲斐くんはほら、素直じゃない性格だから」

「そういうレベルじゃないと思うんっすけどね！」

哲彦の非難をさらりと流し、阿部先輩は俺に目を向けた。

「久しぶりだね、丸くん。文化祭以来かな？」

「そ、そっすね」

あかん、なんだか苦手意識あるなぁ、この人……。

ただでさえイケメンだから嫉妬心が湧くのに、

『つまり君は、逃げたっていうわけか』

『それは君が憎いからさ』

の印象が強すぎて、つい及び腰になってしまう。

「あ、あの……事情は……甲斐くんや白草ちゃんから聞いているんだよね……？」

俺が露骨にたじろいでいるためか、阿部先輩が焦り出した。

「え、ええ、文化祭での一連のことは、一応……」

「じゃ、じゃあさ、再会を祝して握手でもどうかな……？　本音を言うと、僕、昔から君のファンで……」

ためらいつつも差し出された手が、俺には罠に思えて。

すすーっと俺は下がると、黒羽の背に隠れた。

「ま、丸くん……!?」

「あのー、あたしが言っていいかわからないんですけど、ハルって結構根に持つところがありまして……。たぶん阿部先輩に苦手意識ができてます」

さすが、よくわかってくれている。

俺は黒羽で半身を隠しつつ、コクコクと頷いた。

「え、えぇ……そ、そうなのか……」

阿部先輩は本気でショックを受けているように見えた。少なくとも、いつものさわやかイケメン顔に影ができるくらいには。

しかし――すぐにいつも通りの笑顔に戻ってつぶやいた。

「でもまあ、君はあれからまた活躍してくれている。それを見られているんだから、後悔はないな」

俺は哲彦に近づいて囁いた。

「おい、哲彦。あの先輩、いい人すぎて怖いんだけど」

「やっぱお前も同じ感想か。あそこまでだとうさん臭くてなぁ」

「お前が言うなよ。うさん臭さじゃお前も負けてねーぞ」

「オレは自覚あるからいいんだよ。でもあいつのうさん臭さ、人間臭がしないっていうか」

「ああ、それわかるわー。マジもんのヤバさというか」

「そう、それだ」

「君たち、全部聞こえてるんだけど？」

阿部先輩がにっこり笑って突っ込んでくる。

同じにっこりでも、黒羽が見せるような闇のオーラはまるでない。

だから俺と哲彦は──

「な、末晴。やっぱりやべーだろ？」

「ああ、これ聞いて怒らないなんてこぇぇ……」

ドン引きしていた。

黒羽は額に手を当てた。

「もーっ、二人とも……。仮にも先輩相手に……」

「末晴お兄ちゃんも哲彦さんも、陽の当たらないところのほうが居心地良さそうですもんね。光が強そうな人、苦手なの何となく納得です」

「うまいこと言うっスな、ももちー。テツ先輩は明らかに闇属性で、パイセンも結構劣等感強くて、クラスの中心になるタイプじゃないっスもんねー」

楽しそうじゃねぇか、真理愛と玲菜。最近こうして二人で話してること多いんだよな。

「……おい、一年生コンビ。特にレナ。俺の劣等感が強いってどういうことだ？」

「えっ？　そのままの意味っスよ？　まさかパイセン、気がついてなかったっスか？　ちょっとちょっと、それはマジでマズいっスよ？　パイセンってイケメン見るたびに、へこんでるじゃないっスか。あれ、見ているこっちが恥ずかしくなるんスよ？」

俺はつやつやの玲菜のほっぺをつまんで引っ張った。

「んん～、減らず口はこれかな～？」

「後輩いじめは劣等感の現れっスよ～っ！」

まったく玲菜はあいかわらずしつけが必要だな。

そして一番阿部先輩を知っているだろう白草は――

「こんなに楽しそうな充先輩、初めて見るかも」

なんて不思議なセリフを吐いていた。

＊

阿部先輩に案内されたのは、学内にある劇場だった。

座席数は二百。演劇だけでなく、映画上映やダンス、コンサートにも使われるらしい。

現在舞台ではダンスサークルが練習していた。

「あそこの一団が広告研究会と茶船の人たちだから。じゃあ僕はこれで」

そう言って阿部先輩が踵を返した。

「へ？　案内だけで帰るんですか？」

あまりに意外だったのでつい俺が声を上げると、阿部先輩は残念そうに肩をすくめた。

「できれば稽古まで見ていきたいんだけどね。今日、ドラマの撮影があって実は時間がギリギリなんだ」

「ならどうして案内を？」

「君たちと話すきっかけがなかなかないからね。無理言ってやらせてもらったっていうわけさ」

「おい、哲彦。この先輩、やっぱりいい人オーラが凄すぎてやっぱこえーわ」

「完全に同感」

阿部先輩は苦笑いを浮かべたが、すぐにまたニコニコと笑って来た道を一人引き返していった。

俺たちは阿部先輩に教えられた通り、劇場の最後尾で固まっている一団に話しかけた。

すると一人の女性が前に出て、俺たちに頭を下げた。

「あ……初めまして……、演劇サークル茶船代表で、演出の志摩頼沙です……」

長身の女性だった。メガネにソバカス、泣きボクロが印象的だ。

こう、全体的にもっさりした印象がある。おそらくいつすいたのかわからないようなボサボサの長い髪のせいだろう。

あと、物凄く眠そう。頭が揺れている。

「よろしくおね――ぐぅ……」

あ、眠そうと思っていたら本当に眠った。

横の人から突っつかれ、志摩さんは目を覚ました。

「あ、すいません。生活が逆転してまして、あんまり昼に起きてることないんですよー」

「それ、ダメダメすぎませんか⁉」

びっくりするようなことを言うもんだから、つい突っ込んじゃったよ⁉

「わかるわかる」

「俺もなー、太陽が出てると身体動かねーんだよなー」

志摩さんの周りの大学生にとっては共感できる話らしい。

「ダメすぎるだろ、大学生……」

「末晴お兄ちゃん、実は昨日NODOKAさんからメールが来まして……」

真理愛が俺の袖を引っ張る。

顔を向けると、差し出された携帯の画面にNODOKAさんからのメールが表示されていた。

『実のところ、私が代表をしていた時代とは違って、今の茶船はかなり緩くてね……。発破をかけるつもりで出演を決めたの。そのせいで話が大きくなっちゃったから、私の代役はいい加減な人に頼めなくて……ごめんなさい。桃坂さんや丸くんの好きにしていいから、年上とか気にせずやっちゃって』

俺と真理愛は無言で志摩さんたちを見つめた。

「えーと、台本……あれ？　わたしのやつ、どこ？　妖精さん、早く持ってきて～」

「…………」

「…………」

「あ、カバンに入ってた！　ごめんなさい、どうも日中は頭が働かなくて……ぐぅ」

「……頑張ろうな、モモ」

「……ええ」

あまりのひどさに逆に気合いが入る俺と真理愛だった。

いきなりの声に、俺は肩をすくませた。

「あ～～っ！　群青同盟のメンバーが揃ってるっ！」

発したのは今の今まで舞台で練習をしていたダンスサークルの女性だ。練習が終了してホールから出ようとしたところ、俺たちを見つけたようだった。

「え、マジで⁉」

「あ、ホントだ！　凄い！」

俺たち、いつの間にかこんなに知名度上がってたんだなぁ……。

再生数が順調に伸びているって哲彦から聞いていたけど、コメントを読むのが恐ろしいせいで動画自体は見に行っていない。

そういやテレビのときもそうだったっけ。いつものように目の前の演技を一生懸命やっていたら、学校で大騒ぎになっていたこともあったなぁ。

「志田ちゃん可愛い！」

「可知ちゃんのスタイルやべーっ！」

「真理愛ちゃん世界一可愛いよ！」

「おいおい、これやばくないか……？」

劇場に待機していた他のサークルにも騒ぎが広がってきた。

このままじゃ稽古ができそうにない。一度楽屋に避難したほうがいいんじゃないだろうか……？

そう提案しようとした瞬間、志摩さんの背後にいたチャラそうな大学生たちがボディーガードのように俺たちを取り囲んだ。

「ストップストップ！　群青同盟のことは極秘事項だ！　写真も禁止！　もし正式発表が出る前に情報が流出したら、広告研究会から抗議するからな！」

あー、チャラい雰囲気の人たちいるなーって思っていたら、広告研究会の人たちか。黒羽へのナンパの件で心配していたが、これだけしっかり動いてくれたところを見ると、頼りになりそうじゃないか。

「特に群青同盟の女性陣への失礼な行為……例えばナンパや冷やかし等は即座に取り締まるから覚悟しておくように！　これを守れないと、群青同盟は降板することになっている！　協力してくれ！」

よしよし、ありがたい。ちゃんと言うべきことを言ってくれた。

おかげで声をかけたがっていた男子大学生が引いた。ため息をついたり、舌打ちしたり、行動は様々だが、十分な抑止にはなったようだ。

「群青同盟の皆さん、安心してください！　こんな感じで皆さんの安全は俺たちが守ります！　何かあればいつでも何でも言ってください！」

最後にキラッと白い歯を輝かせるところはなんだか好きになれないが、まあ頼りになるのはありがたいことだ。

そんなところへ、ふとダンスサークルの女性がやってきて尋ねた。

「群青同盟の女の子へ声をかけるのはダメってわかったけど、男の子へはいいの？」

「それはよしっ！」

「いいのかよ⁉」

俺はつい突っ込んでしまったが……確かにそれは話し合いでも問題になってなかったな……。

「じゃあ声かけちゃお」

言い出しっぺのダンスサークルの女性が俺に寄ってきた。

「わ～、ホントにマルちゃんだ～っ！　実はわたし、初恋がチャイルド・スターのニューくんなんだよね～」

「「「!?」」」

「ダンスサークルに入ったのも、昔ニューくんダンス練習して、ダンスの楽しさに目覚めたからなんだ～」

寄ってきた女性はダンスを踊っていただけあってスポーティな格好。しかも大学生らしいお色気がたっぷりだ。

「あ、あ～、いや、光栄です……」

俺は振りまかれる色気に魅了され、気がついていなかった。

黒羽、白草、真理愛が怖い目で見ていることに。

「あ、ずる～い！　わたしもマルちゃんと話したいのに！」

「ね、ね、マルちゃん！　ちょっとお姉さんと遊ばない！　いいことしてあげるから！」

「え～、いいことなら私がたっぷりしてあげるけど～？　胸、私のほうがあるし」

「それなら、あたしはちょっと口では言えないことしてあげるわよ？」

「それ卑怯！」

さすが年上のお姉様方……積極性、色気、精神的余裕――素晴らしい。

こんなの毎日遊びに来たくなるじゃないか――

と思っていたところ。


「……ハル」

「……スーちゃん」

「……末晴お兄ちゃん」


背後からの凍てつく波動に、俺は背筋を伸ばした。

……振り向いたら殺される。

そう思った俺は助けを求めようと、哲彦を探した。

目の端に発見し、声を上げる。

「おい、てつひ――」

だが俺はそこで声を止めた。

「テツくんさぁ、今度飲みに行かない？」

「オレ、未成年っすよ？　ウーロン茶でよければ。お姉さんはお酒飲んでもいいっすよ。実はオレ、酔っ払いのお世話テク、凄いんで。だから好きなだけ飲んでもらって結構です」

「それむしろ安心できないやつじゃん～。君さぁ、絶対遊び慣れてるよねー」

「よくそう言われるんすけど、どうしてか違うって言っても信じてくれないんすよね～。というわけで一度オレと遊びません？　それなら本当に遊び慣れてるかわかるでしょ？」

「この落ち着き、女の子何人泣かせてきたわけ？」

「うれし涙って意味なら、数えきれないっすね。何ならうれし涙を流す、新たな一人になってみないっすか？」

「へ～、そんな戯言、眉一つ動かさず言うんだ。ふふっ、ちょっと興味出てきちゃった」

「じゃあ名刺渡しておくんで、連絡ください」

「あ、あたしもちょうだい！」

「わたしも！」

「…………………………………………………………」

俺は呆然と哲彦と周囲のお姉さま方を眺めていた。

哲彦の周りにいる女の子の数は、俺の周りの約二倍だろうか。

……おかしいなぁ……俺、一時期国民的子役って言われてたはずなのに……。

しかも何⁉　周りのあの反応⁉　話しかけた時点で半分くらいオチてない⁉

「…………はぁ」

思わずため息が出た。

すると、肩に手が置かれた。

黒羽だ。

「ハル、落ち込む気持ちはわかるけどね？　それはそれとして、お姉さんに囲まれてデレデレしていたことで、ちょーっと話があるの……」

「俺は話なんてないんだけどなぁ……」

と言いつつ逃げようとするが、肩をがっちり摑まれ、身動きができなかった。

「ダメ☆」

「――許してください」

土下座で許しを請いつつ横を見ると、白草と真理愛はぶつぶつと独り言をつぶやいていた。

「スーちゃん……あと二年もすれば私のほうが……これはダメね……。今の時点でも私は勝てるはず……なら言い方は……」

「モモはまだ成長期……モモはまだ成長期……」

二人に関しては、そのままにしておいたほうが良さそうだ。

ということで黒羽にこってり絞られた俺は言われるがまま交渉し、俺へのナンパも禁止にしてもらうことになった。

なお、哲彦は禁止されていない。泣くよ？

「あの、せっかく舞台が使える時間なので、お稽古しましょうかー」

志摩さんがそう言った。

あ、この人にも一応、代表の自覚はあったらしい。さすがにそんなこと口に出して突っ込めないけれど。

演出でもある志摩さんは大道具や照明、音響のチェックを始めるよう指示を出し始めた。

「じゃあ読み合わせをしつつ、シーンごとに道具の配置と立ち位置に関して説明をしていきますー。あ、それと、志田さんと可知さんも役者を試してみるって話でしたよね？」

「ああ」

哲彦が頷いて応じた。

「おい、哲彦。お前は役者やらねーのか？」

「王子役以外のまともな男の役って、王子の父の王様か、人魚姫の父親くらいだし。モブキャラで兵士役として立ってるくらいならやらねぇほうがマシだ」

「ま、誰かにサポート役をして欲しいから、ありがてぇが」

哲彦は志摩さんに尋ねた。

「志田ちゃんと可知はどの役にするんすか？」

「侍女と人魚姫の姉をやってみてもらっていいですかー？　まあ難しそうならうちのメンバーでやりますので、稽古に参加して出演するかどうかを判断してくださいー」

うーん、普通、役ってみんなで取り合ったりするものだが……いくら俺たちがお客様とはいえやっぱり緩い感じがするな……。助っ人の立場としては、ありがたい面も結構あるからいいけれど。

「じゃあとりあえず皆さん舞台に上がって、自己紹介してもらっていいですかー？」

志摩さんに促され、次々と登壇していく。

全員で円陣を作り、中心に志摩さんが立った。

「じゃあ最初の自己紹介は——」

と言って、志摩さんが茶船の役者さんに話を振ろうとしたときだった。

〝やつ〟が現れたのは。


「——おや、ちょうどいいタイミングだったようだね」


ぞわり、と全身に鳥肌が立った。

声自体はいいのに、一度聴いたら忘れられない、ねちっこい発音。瞬時に嫌な思い出が脳裏によみがえり、生理的嫌悪が肉体を貫く。

やつは客席側の中央通路から歩いてくる。

あいかわらず趣味の悪い紫色のシャツと、尖った靴。中年ホストにしか見えないその容貌は、端整なのに怪しい。

「ハーディ・瞬……」

以前はおべっかを使った俺も、さすがにゴマをする気になれなかった。

ＣＭ勝負のときは俺にも感情に任せてワインをかけてしまった過失があったが、その後ドキュメンタリーを作ることになった際は陰謀を仕掛けられている。なので面と向かい合うのもご遠慮したいところだった。

「なんだてめぇ……こんなところに何の用だ……ぶち殺すぞ……」

通路の正面に立って瞬社長の行く手を遮ったのは、哲彦だった。

行動もヤバいが、何より表情がヤバすぎる。この前、俺にマジギレしたとき……いや、そのとき以上の恐ろしさだ。冗談抜きで今にも殺しそうな目つきをしている。

「……どけ、クズ」

瞬社長のほうもまた殺意を隠さない。感情ゼロの目を細めている。

「それはこっちのセリフなんだよ、クズがっ」

「目上の人間へのしつけができていないようだな」

「あいにくオレにまともな親なんていなくてな」

「なるほど、クズらしい言葉だ」

……これ、本気でマズい。

以前事務所に押しかけたときにもこの二人は敵対していて、尋常じゃない雰囲気があった。ただあのときは真理愛がスラっとCM勝負の提案をしてくれたからここまでぶつかることはなかったが——今は完全に正面からやり合ってしまっている。

「おい、哲彦、落ち着けって」

俺は哲彦(てつひこ)の肩を引いた。

……こうしてみると、哲彦(てつひこ)と瞬(しゅん)社長ってちょっと似てるな。背格好はほぼ同じだし、どこか顔立ちも……。

って、そんなこと考えてる場合じゃない。喧嘩(けんか)を止めなければ。

「来た理由も聞いてないのに喧嘩(けんか)してどうすんだよ」

「お前だってこいつに因縁あるだろうが」

「そりゃそうだけどさ……」

そんなやり取りをしていると、瞬(しゅん)社長が俺に目を向けた。

「やぁ、マルちゃん、久しぶり。元気にしていたかい？」

まさか向こうから声をかけてくるとは思わず、俺はびっくりしてしまった。

「え、ええ……」

「またいつでも事務所に遊びに来ていいよ。ワイングラスを持つ手にだけは、気をつけて欲しいけどね」

「っ――」

本人からそのネタを振ってくるとは――先手を打たれてしまった感がある。

あいかわらずねちっこくて好きになれそうにないが、想像以上に敏腕なのかもしれない。

「桃坂(ももさか)ちゃんも久しぶり。君もいつでも遊びに来ていいよ」

「それはどうもありがとうございます、瞬さん☆」

真理愛はニッコリと微笑んで返した。

しかしこのニッコリは『よくもまあ白々しいことを言うもんだな、この野郎』という皮肉混じりの笑みだ。その証拠に真理愛の背後に怒りのオーラが見える。

「モモの両親に関する証拠映像、見つかりましたか？」

「ああ、探してはいるんだけどね。実はまだ見つかってないんだ。申し訳ないね」

「なるべく早くしてくださいね。以前、末晴お兄ちゃんの過去について週刊誌に掲載された件もありますし、行動で示して欲しいのですが」

「おやおや、桃坂ちゃん。どんなデマを聞いたんだい？　マルちゃんの過去の件についてボクは完全に無関係だよ？」

「そういう風におっしゃるんですか……。困りますね、あまりに見え透いた演技は、女優として見過ごせないのですが……」

「ボクもいちプロデューサーとして、言いがかりをつけられては黙っていられないな。困るのはこっちさ、桃坂ちゃん……」

二人とも表面上は笑顔。しかし火花が飛び散っているのは、誰が見ても明らかだった。

「プロデューサー、喧嘩は良くないですよ！」

後ろにいた目深に帽子をかぶった小柄な少女が瞬社長をいさめた。

何なんだろう、この子は。

この状況下で声をかけるだけでも驚くべきことなのに、父親ほど年の差があるだろう瞬社長をたしなめるなんて——ちょっと想像できなかった光景だった。

またその声の可愛らしさにも驚きだ。もしかしてハーディプロに所属している声優だろうか。

瞬社長は肩をすくめると、少女から逃げるように歩き出した。

「どけ」

立ちふさがっていた哲彦を瞬社長が無理やり押しのける。

哲彦は再びいきり立った。

「てめっ！」

「すみません！」

再び少女が割って入る。切れ気味の哲彦を前にしても、少女はまったく動じなかった。

「プロデューサーって、嫌なところありますよね」

「……はぁ？　誰だお前……ん？」

何かに気づいたのだろうか——突如、哲彦が目を見開いて固まった。

「ヒナもどうかと思うところ多いんですよ。強引ですし、嫌みですし、趣味悪いですし」

「……何を言っているのかな、ヒナくん？」

あんまりな言いようだったためか、瞬社長は行きかけた足を止めて振り返った。

この子が間に入ってから空気が一変している。

不思議な子だ……。物怖じしないし……。天然なのだろうか……。

「プロデューサーって、能力はあるんですが性格が悪いんですよ……。ヒナも気がつくたびに怒ってるんですけどねー。聞いてますか、プロデューサー？　人が嫌がることを言うのは良くないと思いますよ！」

少女は口を膨らませ、可愛らしく怒る。

「それは違うよ、ヒナくん。弱点を突くのは古来から戦いでは常識だ」

「だとしても言い方ってものがあると思うんです！　まったく……ヒナはプンプンです！　嫌みならギリギリ許しますけど、ひどいことは絶対に『めーっ』ですよ！　恩あるプロデューサーですが、そこだけはちゃんと守ってくださいね！」

「やれやれ、わかってるよ、ヒナくん」

不思議だ。この子は瞬社長にはっきり言えるだけのものを持っている――それを予感させる何かがある。

勢いを削がれたのだろう。瞬社長は舞台に向かったが、哲彦は追わなかった。

「親愛なる広告研究会の諸君。ＯＢのハーディ・瞬だ。突然の訪問だけど、よかったかな？」

広告研究会の代表らしき男子大学生が、あっ、と声を上げた。

「もしかして、ハーディプロ社長の……？」

「そうだ。あまり顔を見せてないのに、失礼かとも思ったんだが」

「いえいえ！　毎年ミスコンの際はいろいろ支援いただいて感謝してます！」

「なに、OBとして、芸能界に携わるものとして、当然のことだよ」

「ありがとうございます！　それで今日、突然来られたのは……」

「そうそう、実はNODOKAさんが病気になり、予定していた舞台が大変なことになっているると耳にしてね」

「!?」

俺たち群青同盟のメンバーは身を硬くした。

瞬社長はそんな俺たちを見やり、大げさな身振りで語った。

「それで、偶然……そう、本当に偶然なんだけど、彼女のスケジュールが少しだけ空いてね。ああ、これは手助けできるんじゃないか……そんな風にボクは思って、連れてきたんだ」

「彼女……？」

視線が横にいる少女に集まる。

「取っていいよ」

「はい、プロデューサー」

少女が帽子を取る。

ただそれだけで劇場は驚きと絶叫で満たされた。

「ああ……あぁあぁぁあぁぁぁあっ！」

「ま、マジ⁉　こんなんありえるのか⁉」

「ひ、ヒナッキーっ⁉」

「これが夢なら目が覚めるな……」

光に当たってきらめく金色の髪。吸い込まれそうなアイスブルーの瞳。美しい輪郭を描く鼻筋。地味な服を着ているのにアイドルスターの輝きはまったく変わらない。むしろこれもあり、と言いたくなるような魅力で溢れている。

と、懸命に冷静さを装って分析したが、実のところ俺は――

「えーと、誰？」

あまり知らなかった。

「スーちゃん、本気で言ってるの⁉」

意外なことに、詰め寄ってきたのは白草だった。

「虹内・キルスティ・雛菊！　今、ナンバーワンのアイドルよ！　『日欧妖精』とか、『久しぶりに出てきた至高のソロアイドル』とか呼ばれてるわ！　しかもただ可愛いだけじゃなくて、歌もダンスもできる本格派なの！」

「あ、あ～、どこかで見たことあると思った」

「ハルって、事実上の引退をすることになった後、テレビあんまり見なくなったんだよね」

黒羽がフォローをしてくれた。

「ドラマ、歌、ダンス、映画……この辺は古傷が痛んだからさ。何となく避けるのが癖になってて。あ、でもバラエティは普通に見てるぜ。あとモモの出ているやつだけは例外でチェックしてたかな」

「末晴お兄ちゃん……」

真理愛がキラキラした眼差しで見つめてくる。

うっ……なんかすまん。実のところ真理愛の動向、忙しいときや調子が悪いときはチェックしてなかったんだ。

黒羽はじーっと白草を見つめた。

「可知さん、妙に食いつきがよかったよね……。もしかして……この子のファン？」

ビクッと白草は身体を震わせた。

しかしすぐに毅然と顔を上げると、首をひねり、長い黒髪を颯爽と撫でた。

「あらあら、志田さん。不思議なことを言ってくれるわね。私が？　年下の？　しかもアイドルのファン？　まさかまさか、そんなこと――」

すぐ横で聞いていたヒナちゃんは、ややしょぼんとしながらも、健気に微笑んだ。

「あ、そうなんですか、白草さん。残念です。ヒナ、白草さんの気高い雰囲気が好きで、お会いできて嬉しかったのに……」

「ヒナッキーが私のこと知ってるの⁉」

白草は目を見開き、ヒナちゃんに駆け寄った。

「ごめんなさいごめんなさい！　嘘なのよ！　本当はヒナッキーの大ファンだけど、ちょっとカッコつけちゃっただけなの！　許して！」

あいかわらずポンコツだなぁ、白草は……。

「そうでしたか！　そう言ってもらえて嬉しいです！」

ヒナちゃんの屈託のない笑みに、白草は思わず顔をほころばせた。

「そ、それにしてもどうして私を知っているの……？」

「グラビアをやったことがある芥見賞作家なんて、白草さんぐらいですよー。それに群青チャンネル、ヒナは好きで動画全部見てますし」

おいおい、ナンバーワンアイドルに知られてるとかマジか。

「いやー、群青チャンネル、滅茶苦茶広まってるんだな、哲彦」

「リサーチしたところ、十代に人気だな。雛ちゃんも十代だし、うまくフィットしたんだろ」

うーん、なんだか群青チャンネルが俺の想像を超えたものになってきている気がするんだが……まあうまくいっていることは悪いことじゃないからいっか。

「この子、十代ってのはわかるんだが……何歳なんだ？」

名前を聞く限りハーフってのはわかる。しかしだからこそ、年齢が読めない。

真理愛と同程度の身長なのに手足はすらりと伸び、豊かな胸や細い腰は明らかに日本人離れしている。随分顔が童顔だし、言動が幼いから、最初蒼依や朱音くらいの年齢かなと思ったが、それにしてはスタイルが良すぎる。

哲彦が気軽に話しかけた。

「雛ちゃんさ、十五歳だっけ？」

「そうです。学年で言えば中三です」

「だってよ、末晴」

「何で初対面のトップアイドルに友達感覚で話を振れるの？　そのクソ強メンタル、感動するレベルだわ」

白草があれだけ特別扱いしてた子なんだぞ！　普通もう少しビビるだろ！

俺が規格外すぎる哲彦にため息をついていると、上目遣いでヒナちゃんが俺の様子をうかがってきた。

「あのー、少しいいですか？」

「え、俺⁉」

「はい」

にこーっと笑いかけてくるヒナちゃん。

俺は直感で確信した。

（あー、この子、天使だ……）

蒼依(あおい)も天使だけど、蒼依(あおい)は控えめで心優しい、癒やし系和風天使。

ヒナちゃんは頭の上に輪っかがあって、羽が生えてる、天真爛漫(てんしんらんまん)な西洋風天使。

ただ心の中で蒼依(あおい)と区別をしたいから、ヒナちゃんは『日欧妖精』という呼び名もあるし、妖精にしようと決めた。

「ようやくお会いできましたね、丸末晴(まるすえはる)さん。ヒナ、ずっと前からあなたと会ってみたかったんです」

「ありがとう、俺を知ってくれていて……って、ずっと前から？」

「はい！　ヒナがデビューしたのは先輩が消えてしまってからなんですけど、ずっと目標でした！　先輩は様々な現場で伝説が残ってて、ことあるごとに名前が出てきて……って、ヒナ勝手に先輩って呼んじゃってますけど、大丈夫ですか？」

「ああ、別に何でもいいよ。俺もヒナちゃんでいいかな？」

「はい！　よろしくお願いしますね、せ～んぱいっ！」

うわっ、この子すごっ！

俺、どっちかと言うと可愛(かわい)い系(けい)より綺麗系(きれいけい)に弱いんだけど、この子の『せ～んぱいっ』の響きはガツンとくる。ちょっと言い方に甘えが混じっていて、鼻にかかっていて、胸の奥をぞわぞわくすぐってくる。

積極的に甘えてくるのは真理愛もそうなのだが、真理愛は言葉の端々に計算が感じられる。野球で例えるとコントロールや変化球で勝負するタイプだ。

でもヒナちゃんはド直球。純度百パーセントで好意をぶつけてくるので、あまりの剛速球ぶりに気圧されてしまう部分さえある。

志田家と家族ぐるみで付き合ってるおかげで年下の女の子に免疫のある俺だから平常心でいられるが……こりゃ世の中の男たちが虜になるはずだ……。

「ゴホンッ！」

これ見よがしな咳。

こんな露骨なことをするのは、この場でたった一人だ。

「ヒナくん、そろそろいいかな？　時間は有限だよ」

「はーいっ！　じゃあ末晴先輩、また落ち着いたらゆっくりお話しさせてください！」

そう言ってヒナちゃんは元気よく瞬社長の横に移動した。

瞬社長は芝居がかった仕草で髪をかき上げると、この場にいる一同に向けて語り掛けた。

「もう説明は不要のようだね。彼女はボクが見いだし、育てたアイドルなんだが……先ほど言ったように、少しだけスケジュールが空いてね。提案なんだが、彼女——虹内・キルスティ・雛菊をNODOKAさんの代わりに人魚姫役で使ってもらえないかな？」

その一言でまた劇場は驚きの声に包まれた。

「えっ……？　えええぇぇぇ⁉」

「ボクは元々、彼女にはアイドルだけでなく、女優としても活躍させたいと思っていてね。舞台経験はないが、ずっと前から練習はさせていた。ボクはそろそろ彼女を舞台に立たせたいんだ。お互いにメリットがある話だと思うんだが、どうだろうか？」

……なるほど。瞬社長は群青同盟の仕事を奪いに来たのか。

ヒナちゃんはトップアイドル。知名度、人気ともに圧倒的に上だ。ヒナちゃんがやると言えば、群青同盟がお払い箱になるのは必然だ。あいかわらずいやらしいことをしてくるな。

この発言に俄然盛り上がったのは広告研究会のメンバーだ。

「おおおぉぉぉ、最高かよ⁉」

「やるやる！　やります！　お願いします！」

「だよな！」

「もうこれ、群青同盟とは比べ物にならないほどの話題になるって！」

俺はジト目で彼らを見つめた。

「あれ……ほんの数分前にこの人たちから『何かあればいつでも何でも言ってください！』って言われた気がするんだが……」

まあ気持ちはわかる。そりゃヒナちゃんがやってくれるなら、俺たちのことなんて頭から吹き飛んで、『ぜひともお願いします！』って言っちゃうよなー……。

「あのー、ちょっと待ってください。いきなりの話でびっくりしてるんですけどー」

のんびり声を上げたのは、演劇サークル茶船代表の志摩さんだ。

「その話、群青同盟の人がやってくれることになっていたので、役を代わるとか言われても困惑するんですが……」

よかった、大学生側から言ってくれた。俺たちからはちょっと言いにくいセリフだっただけに助かる。

「ほう、そんな話になっていたのか。バッティングとは、これは困ったな……」

瞬社長は額に手を当て、大げさに頭を振った。もしこんなわざとらしい芝居を舞台で見せれば非難轟々だろう。

「わたし個人としては、いやもうなんか面倒くさいんで、先にお願いしていた群青同盟さんにそのままやってもらえたら楽だなぁって思ってるんですが……」

「ちょ、ちょっと志摩さん！」

広告研究会の人が止めに入った。志摩さんを取り囲んで『結論は早い』だの、『ヒナさんなら満員御礼なんか余裕なんだぞ』だの、説得しようと懸命に言葉を浴びせかけている。

「え、えー、でも……」

「でもじゃなくてさ」

「そうなると群青同盟の人には誰が説明するんです？　あなたたちがやってくれ――ぐぅ」

「寝るなぁぁぁ！」

なんだかコントみたいになってきたな……。

半ば呆れつつ、俺は真理愛に耳打ちした。

「モモ、お前はどう思う？」

この乱入によって一番立場が微妙になってしまったのは真理愛だ。

問題となっている人魚姫役は真理愛。今、真理愛は役を奪われそうになっていると言っていい。

「正直なところ、役を譲りたくはないですね。雛菊さんがナンバーワンアイドルなのは確かですが、役者としての実績はモモのほうが上。いくら知名度や人気があるとはいえ、門外漢の方からどけと言われ、『はいどうぞ』と笑っては言えないです」

「……だよな。でもあの社長だから、ゴリ押しで奪おうとしてくるか。どうする？」

「もう少し向こうの出方を見せてもらいましょうか。それからでも対応はできるはずです」

「了解」

手短に打ち合わせ、俺たちは瞬社長の様子をうかがった。

瞬社長は志摩さんと広告研究会の押し問答をじっと眺めていたが、トーンが落ち着いてきたタイミングを見計らって介入してきた。

「では、こういうのはどうだろう？」

注目が集まったのを確認し、瞬社長が語る。

「ボクはいい発想だと思って提案したんだが、まさか群青同盟の諸君がすでに代役となって動いているとは知らなかった。そうなると、確かに演出の彼女の言うことは至極まっとうだ。先に依頼を受けていた群青同盟を粗末に扱ってはいけない」

「そりゃどうも」

俺は気のない返事をした。

今の発言に限れば正しいことを言っていると思うが、これまでの経緯がひどすぎてまったく同調できない。

「かといってせっかくの機会だし、広告研究会の諸君はヒナくんの演技、見てみたいだろう？」

「もちろんです！」

すでにヒナちゃんファンクラブのようになっている大学生たちに対し、瞬社長は爬虫類的な笑みを浮かべた。

「ではヒナくんを――姫様役として起用してもらえないだろうか？　姫様は人魚姫ほどセリフがないとはいえ、重要な役どころだ。現在の姫様役の子には大変申し訳ないが、これなら群青同盟を尊重できるし、ボクとしてもヒナくんを舞台に立たせるという目標を達成することができるのだが」

「おおぉぉ！」

広告研究会から歓声が上がった。

「確かに！」

「でもいいんですか？　姫様役で。ヒナさんが人魚姫で桃坂さんが姫様という案もあると思うのですが」

瞬社長はこの提案に笑顔で返した。

「かまわないよ。こちらとしては後から割り込んだ立場だしね。それにヒナくんは、アイドルとして成功していても、舞台では新人だ。役者としてすでに名を馳せているマルちゃんと桃坂ちゃんを優先して敬意を払うのは当然のことだよ」

「なんて心が広いんだ！」

「そう言っていただけてありがたいです！」

「本当にすみません！　助かります！」

絶賛が瞬社長に降り注ぐ。

そんな光景を俺たちは冷ややかな目で見ていた。

「哲彦、どう思う？」

「……仕事を奪おうとしているんだと思ってたが、共演狙いはちょっと意外だな」

「目的は何だろうな」

「あのアイドルの演技によっぽど自信があって、共演させることでお前と真理愛ちゃんのプライドをこっぱみじんにするってのが一番ありえそうか」

「あー、まあ狙いはわかるが……俺も真理愛も下から這い上がってきたタイプだぞ。失敗知らずのエリートならともかく、俺たちはいくら演技で上回られても、プライドこっぱみじんになんてならねーって」

「……そうなんだよな」

黒羽、白草、真理愛も俺たちの会話に耳を傾け、頷いている。

「群青同盟の皆さんも、ヒナさんが姫様役なら問題ないでしょうかー?」

「あ、ま、まあ……」

広告研究会の人に聞かれ、俺はそう答えるしかなかった。

ヒナちゃんの人気、知名度であれば、運営側は共演をお願いしたいに決まっている。

ただ……瞬社長の提案というのはやっぱりきな臭い。正直、断りたいって気持ちもかなりある。けれども期待に満ちた運営スタッフを納得させるほどの断る理由が、俺たちにはない。

「……嫌な展開だな」

哲彦のつぶやきは、俺たち群青同盟メンバーの心中を正確に表現しているだろう。

誰からも反論が出なかった。つまり俺たちの中で瞬社長の提案を断れるほどの理由を持ったメンバーはいなかったってことだ。

やむを得ない選択、自然な流れ、当然の配慮——その積み重ねで今の状態となっている。それがとても嫌な感じなのだ。相手の真意が見えないのも気持ちが悪い。

「ではこの共演は決定だな」

瞬社長が結論を下す。

様子をうかがっていた周囲の人たちは、ワッと沸いた。

「そうだ、せっかくだからこの共演、勝負形式にしたらどうだろうか？」

ほら来た、と思った。

群青同盟のメンバーで視線を交わし、頷き合う。

「いやなに、これも〝たまたま〟なんだが、ボクと群青同盟は以前ＣＭ勝負でちょっとした因縁があってね。彼らは最近、部活動との対決企画をしているようだし、まあその一環という感じで、勝負をするとより盛り上がって面白いんじゃないだろうか？」

「おおぉ！」

この提案に周囲は当然好意的な反応だ。

「じゃあてめぇ——何を賭けるってんだ？」

歓迎ムードの中、恐ろしいほど冷めた哲彦の声が響き渡る。

瞬社長は鼻で笑い、もったいぶった仕草で髪をかき上げた。

「そうだな……まあ共演だけで話題性は十分だ。それならこの〝奇跡的共演〟のネット公開権くらいでどうだろうか？」

「……具体的に言え」

「群青同盟が勝てば、群青チャンネルで今回の演劇を公開する。ボクが勝てばハーディプロの公式チャンネルで公開する。まあ動画は広告研究会や茶船側でも公開したいだろうから、彼らが譲ってくれたらというのが前提だが」

意外だな。正直なところ、互いにマイナスはない。

そりゃ群青チャンネルで演劇を公開できれば、ヒナちゃんとの共演である以上、すさまじい再生回数となり、相当の広告収入が見込める。

でも逆に言えばそれだけ。勝っても負けても公開されることに変わりはないのだ。

負けたって収入がないだけで、支出があるわけじゃない。俺たちは別に生活をするために動画を公開しているわけじゃないから、ダメージはほぼゼロと言っていいだろう。

妥当な賭けだ。っていうか、妥当すぎて怖い。

（大人げないと言われたくないから、瞬社長は妥当な賭けにした？）

だとしても、この程度なら、わざわざトップアイドルを連れてきた意味がよくわからないんだよなぁ。

広告研究会と茶船のメンバーが話し合っている。

すぐに結論は出た。

「僕らは社長の提案に異論はないです」

「そうかい、それは良かった。では群青同盟諸君の意見は？」

俺たちは少し離れて円陣を組んだ。

「相手の手が読めない以上、私はどっちかっていうと反対だわ」

白草が先手を切って口を開いた。

「あの人、どうにも好きになれないし、嫌な予感しかしないわ。はっきり言って、かかわりたくないっていうのが私の感想よ」

「あたしも可知さんの意見に賛成かな」

黒羽がそろりと手を挙げる。

「哲彦くんは広告収入にメリットを感じるかもしれないけど……正直、見えないリスクを取るほうが嫌。ハルは？」

「条件は妥当だと思うし、個人的に勝負は燃えるなぁ。ヒナちゃんの実力はわからないけど、もし投票で勝敗を決めるなら圧倒的に知名度があるヒナちゃんが有利。それを演技で乗り越えるってのは面白いな。もちろんクロやシロの心配はわかるから、積極的に賛成、ってわけじゃないけど」

「演技勝負なら、勝算はあるのか？」

哲彦が聞いてきた。

「ん？　そりゃやってみなきゃわかんねぇけど、演技力で勝負なら完敗するつもりはねぇぞ。俺だけじゃなくて、モモもいるしな」

「まあそうだな……だとすると、投票の設問を『いいと思ったほう』じゃなくて、『いい演技だと思ったほう』にすればいいか……」

あれ、ちょっと予想外の反応だ。

「哲彦、受ける気なのか？　お前のことだから『あんなクズ野郎の提案に乗れるか！』とか言うと思ってたぜ」

「罠があるのはわかってるけどよ、あるとわかってりゃある程度未然に防げるし。あえて踏み込んで、罠ごとズタズタにしてやるのって楽しくねぇか？」

あ〜、嫌いだからボコボコにしてやりたいって考えね。それはそれで哲彦らしいな。

「モモも哲彦さんの考えに賛同します」

静かだけど強い語気だった。

「瞬さんはしつこいですから……この前、末晴お兄ちゃんにちょっかいをかけてきた件もありますし。罠なのもわかりますが、群青同盟に手を出しても勝てないと思い知らせる必要があるのではないでしょうか？」

そっか、今回の勝負から逃げても、瞬社長ならまたちょっかいかけてくるよな。

俺は聞いてみた。

らどうだ？」

「ならいっそ条件を上乗せして、今後二度とちょっかいかけてくるな、みたいな内容を入れた

「そりゃ無理だろ」

哲彦はあっさりと否定した。

「何でだよ？　名案じゃね？」

「二度とちょっかいをかけるなって……お前、あのクズ野郎なら負けたって『ちょっかいって何のことかな？』ってとぼけるだけだぞ？　やるなら誓約書でも書かせねぇと意味がねぇ」

「あっ……」

そりゃそうだ。現状、俺の過去を週刊誌で騒ぎ立てた件だって、証拠は出ていない。証拠を掴んだり誓約書を貰ったりするなど、ちゃんとしておかないと、とぼけられたらおしまいだ。

「今回は大学生たちをはじめとして、オレたち以外の連中が数多くかかわってる。誓約書を交わしたガチ対決とか無理だぞ。あと露骨な裏工作も互いにできねぇよ」

こいつ、さらっと『互いに』とか言いやがった。可能なら相手の嫌がることをやる気満々じゃねーか。まあそういう哲彦だから頼りになるんだけれども。

「話をまとめると、この勝負――賛成はオレ、末晴、真理愛ちゃんの三人。三対二で勝負を受けることになるが、いいか？」

黒羽と白草は渋々といった感じで頷いた。

「一応哲彦くんはリーダーだし、主演の二人が賛成って言うなら、あたしからは気をつけてとしか言えないかな……」

「そうね。私も志田さんと同じような意見だわ」

「じゃあ――可決だ」

哲彦が円陣から離れた。

「勝負、受けてやるよ」

「それはよかった。群青同盟の諸君には感謝申し上げるよ」

「ケッ、ムカつく言い方しやがって」

「ふむ、暴言だがボクの心は海のように広い。この場は許してあげようじゃないか」

ホントこの二人、仲が悪いな。もう単に仲が悪いのレベルじゃなく、前世は源氏と平氏だったんじゃないかっていうくらいの天敵っていうか。いつ殺し合いを始めてもおかしくない雰囲気だ。

「ちなみに虹内さんもこれからの読み合わせ、参加してもらえるんですかー？」

志摩さんが尋ねると、ヒナちゃんはぴょこんと飛び跳ねた。

「もちろん参加します！　それと虹内さんじゃなく、気軽にヒナって呼んでください！　皆さんも！」

はい、可愛い！

さすがアイドル……オーラが別次元だな……。

天真爛漫なオーラに、場が浄化されていく。大学生たちもその可愛さと輝きでもうデレデレだ。

「共演が決まって嬉しいです、せ～んぱいっ！　改めましてよろしくお願いしますね！」

いつの間にかヒナちゃんがすぐ傍に来ていた。

この子、アイドルなのに距離の取り方がやたら近い。小学校や中学校でこんな距離感の子がいたら、死ぬほどモテるだろうな……。

トップアイドルになるレベルの可愛い子が気軽にボディタッチしてくるなんて——ちょっと想像しただけでも、片っ端から勘違いして恋に落ちるに決まっている。

とはいえ、相手は年下で初対面の子。加えて大学生がやたらとデレデレしているため、俺は逆に冷静になっていた。

「ああ、こちらこそよろしく」

「でもよかった。今まで悔しかったんです」

少し空気が変わった。

天真爛漫さはそのままだけれど、少しだけいたずらっ子っぽい雰囲気というか。純真ゆえの小悪魔っぷりが顔を出す。

「ヒナ、先輩よりデビューが遅くて、今まで勝負ができなかったじゃないですか」

「勝負？」

「そう、勝負です。芸能界は喰うか喰われるか。別に口に出さなくても自然と勝負し、その結果は知名度やオファーという形で出てくるじゃないですか」

なかなか過激な表現だが、否定する気にはなれなかった。だってその通りだと思ったから。

「ヒナの世代を見渡すと、ヒナより知名度で上回っている可能性があるのは、現在のところ末晴先輩と真理愛さんのお二人のみ。だから誠に勝手ながら、ライバル視していました！」

「いやぁ、買いかぶり過ぎだって」

ヒナちゃんは正真正銘のトップアイドル。知名度や人気で勝てる気がしない。

「……なるほど。謙遜じゃないんですね。でも、だからこそ怖さを感じます」

「ヒナちゃんって、モモに似てるところあるんだな」

「そうですか？」

「プロ意識が強くて、果てなき探究者といった感じが、何となく」

二人ともチヤホヤされて当たり前なのに、そこに甘えない。むしろそんなのどうでもいい、最高の仕事をしたいと思ってるのが伝わってくる。

仕事に対するプライドや姿勢がストイックなんだよな。そこが似ている。

ふと真理愛が俺の横に並ぶと、冷ややかな眼差しをヒナちゃんに向けた。

「モモにはそう思えませんが、末晴お兄ちゃんがそう思うのは否定しません。ただ――先ほどからヒナさんはモモたちに勝てるかのような口ぶり。それだけはちょっといただけないかな、と」

おいおい……会話に入ってきたと思ったらこの態度の悪さ……。真理愛のやつ、完全に火がついてやがる。

「役者としてヒナは新参者。舞台でお二人は先輩と言えるので、胸を借りる気持ちです！」

「……そうですね。現実を教えてあげるというのも先輩の役目です。胸を貸してあげましょう」

露骨な挑発に――ヒナちゃんはむしろ楽しげに笑った。

「素晴らしいです！　そういうことを言う人、最近ではすっかりいなくなってしまったので、ワクワクしてきちゃいました！」

「あらそうですか。よかったですね」

真理愛から放たれる強烈な敵対心に『お前は小姑か』と思ったが、言わないことにした。

「これからは敬意を表して、真理愛さんも先輩と呼ばせてもらっていいですか？」

「どうぞお好きに」

立場や仕事に対する姿勢など、結構似てるところがある二人だから仲良くなるんじゃないかと思っていたら、反発するほうにいっちゃったかー。

とはいえ、反発しているのは一方的に真理愛のほうで、ヒナちゃんは一切気にしていないのがなんともはや……。これって追う側と追われる側の気持ちの差なんだろうか。

「ああでも、一つだけお願いしたいことがあります！」

ぴょこんと飛び上がりそうな勢いで、ヒナちゃんは手を挙げた。

「あらあら、何ですか？」

「侮っても構いませんが、手を抜くことだけはやめてください！　ヒナは本気の勝負をしたいんですっ！」

ヒナちゃんは可愛らしく力こぶを作った。

「特に——末晴先輩」

「え、俺の話⁉」

俺は思わず自分を指してしまった。

「高校生になってからの動画をすべて見ましたが、何となく先輩はもっと凄いはずって気がするんです……。だから、ぜひとも本気を見せてくださいね、せ～んぱいっ！」

「⁉」

俺は今まで手を抜いたことがない——はずだった。

けど、ヒナちゃんから見たら違うというのだろうか。

「いつも全力のつもりだったんだけどな……」

「そう自覚しているんですね。なるほど、役者として末晴先輩は天然系、真理愛先輩が計算系でしたか」

　この子には何が見えているのだろうか……。

　容姿、オーラ、アイドルとしてこの子はナンバーワンにふさわしいものを持っている。

　でも話してみてわかった。この子はそれだけじゃない。この子の本当の強みはきっともっと深いところにある。

　外側ではなく内側。メンタルにどことなく凄みを感じる。

「あの、それではそろそろ読み合わせをしたいんですけど、いいですかー」

　志摩さんの言葉で俺は我に返った。

　哲彦が群青同盟のメンバーに指示する。

「末晴、真理愛ちゃん、お前らは読み合わせに集中しろ」

「オッケー」

「そうさせてもらいます」

「志田ちゃんと可知はこれからの稽古に参加してみて本番もやるかどうか決めてくれ」

「了解」

「わかったわ」

　哲彦は背後にいる瞬社長に親指を向けた。

「オレはやっと条件の詳細を交渉してくる。あ、玲菜は読み合わせの撮影な」

「いえ、あっしはテツ先輩についていって撮影するっス。あの社長、何を仕掛けてくるかわからないんで、複数で行ったほうがいいっス。それに撮影していれば証拠も残るっス」

哲彦は目を閉じ――すぐに開けた。

「……わかった。オレについてこい」

「了解っス」

瞬社長が不敵な笑いを浮かべ、くいっとあごで哲彦を誘う。

哲彦はこめかみをピクリと動かしたが……大丈夫、しっかり自制できている。

怖いのは哲彦が冷静さを欠いてしまうことだった。きっと先ほどより落ち着いているのは、玲菜が傍にいてくれるのが大きいのだろう。

「雛菊さんに台本渡りましたねー？　じゃあ最初のシーンから。立ち位置ですが――」

哲彦たちの背中を見送ると、俺は志摩さんの指示に耳を傾けた。

＊

読み合わせを中心とした舞台稽古は一時間程度で終わり、それから茶船がよく使っている大学内の空き部屋に移動した。

空き部屋は元々会議室だったようだ。今は机や椅子はたたまれて壁際に片付けられており、稽古場に変貌していた。

本番まで時間がないこともあって、ある程度動きが確認できてからは感情を入れた演技の稽古に移っていた。

『まさか……あなたが王子様!?　あ、あの、もうお身体は大丈夫ですか？』

『ああ。君が看病してくれたおかげだ』

今やっているのは看病してくれた少女（ヒナちゃん）に惚れていた王子様（俺）が、隣国の姫と婚約することになり、断ろうと思っていたら、惚れていた少女が隣国の姫だった、というシーンだ。

言うなれば【奇跡の再会】と言える場面。ヒナちゃん演じる隣国の姫にとっては、可憐さが求められる超重要シーンと言っていい。

『そんな、私はたいしたことなど……』

『それより聞きたいことがあるんだが』

『はい、何でしょう？』

『君はこの婚約、受けてくれるのだろうか？』

『――えっ!?』

『最初、僕は断るつもりでいたんだ。その、看病してくれた君のことが忘れられなくて……』

『王子様……』

『でもその君が、婚約者だった。これは運命としか思えない！　しかし、それは僕がそう思うだけで、大事なのは君の気持ちだ。もし君が僕のことを何とも思わないのであれば――』

『いえ、そんなことは……』

『え……？』

『わたしも――あなたを看病したときからずっと――』

このシーン、俺とヒナちゃん二人だけの絡みなので、ヒナちゃんの実力がダイレクトに感じられる。

セリフをやり取りする中で、俺はこう思っていた。

（この子――いい！）

うまい、と言うより、個性が明確で、その個性がとても素晴らしい。

ハリウッドスターだって、どんな役でもやれる人がトップに立つわけじゃない。

例えば『最強のアクションヒーロー』みたいなキャラだけで世紀のトップスターになった人がいる。小器用な人よりむしろ、一つだけ誰にも負けない個性やキャラを持つ人のほうが、トップに立てるのかもしれない。

この子の個性は清楚で純粋――完全な光属性で、闇がまるでない。おそらく曇りない輝きという意味なら、今、日本に……いや、世界レベルでこの子以上の存在はいないんじゃないだろうか。

演技とわかっていながらも、俺でさえヒナちゃんの星を宿した瞳に吸い込まれそうになっていた。もしこんな瞳を大画面スクリーンで見せられたとしたら、どれだけの男が惚れてしまうだろうか……考えるだけでも恐ろしい。

「カット！」

志摩さんの声が響いた。

「ほへー、二人とも凄いですねー」

「志摩さん、演出家としての仕事をしていただけませんか？」

真理愛が突っ込んだ。

まあ志摩さんの言葉、完全に観客と同じだったもんな。

「えー、ですけどー、二人ともカッコいいし可愛いし、言うことないですよー」

「ああ、ええ、そうなんですけど……」

真理愛がやりにくそうにしている。出会ったときから脱力するような人だったが、いざ稽古となっても同じだとは思っていなかったのだろう。

俺も正直、どう対応していいか困惑していた。

俺たち、所詮ゲストだし。年齢も下。役割としても本来指導する側と指導される側。自分の役についてなら意見を出すが、他人の役に口を挟むのは相当勇気がいる。

「真理愛さんはどう思いましたー？　もし気がついたことがあれば遠慮なく言ってください

「――」

「!?」

簡単に下駄を預けられ、真理愛は目を丸くした。

しかしお許しが出たことで、すぐに顔を引き締め、俺たちに目を向けた。

「末晴お兄ちゃんの演技にはそれほど口を出す部分がないのですが……」

「少しでも改善点があれば言ってくれよ」

「……わかりました。では遠慮なく」

真理愛は女優としての顔になり、目を光らせた。

「末晴お兄ちゃんについてですが、個人的にはもう少し感情を表に出してもいいのでは？　と思いました」

「ふむ」

「王子というキャラを考え、あえて感情を抑え気味にしているのでしょうが、見る人にとってのわかりやすさを優先したほうがいいと思うんです。どうでしょう、志摩さん？」

「うんうん、賛成ですねー」

志摩さんがしゃべると脱力するな……。真理愛の意見に対し、元からそう考えていたのか、アイデアにのっただけなのかまったくわからない。いや、たぶんのっかっただけだと思うけど。

「次にヒナさんですが……正直言って、想像よりずっとよかったです」

「ありがとうございますっ！」

「これだけできるのであれば、もう一段階上……運命を感じさせる表情、できませんか？」

「……言っていることはわかりますが、もう少し具体的にお願いします」

ヒナちゃん、真剣な顔もできるんだな。目の前のことに集中した、いい表情だ。

「今はただただ可愛らしいだけです。それだけでも十分ではあるんですが、表情で積み重ねを見せていただきたいんです」

「積み重ね……」

「ええ。姫は王子のことが看病以来気になっていた。そうなると、婚約の話が来たとき、どういう想いをしたと思いますか？」

「……王子と一緒の考えで、断ろうかな、とか？」

「人魚姫が発表されたのは一八三七年。脚本をアレンジしているので年代にあまり意味はないかもしれないですが、ヨーロッパではナポレオンが死に、王政復古が行われた時代だったことは考慮に入れるべきでしょう。王族同士の婚姻がストーリーに入っているのですから」

「……はい」

「また当時、女性に発言権がなかったことも考慮するべきだと思います。現代ならともかく、当時の感覚では姫から婚約を断るなんて可能なのか……疑問に感じますね」

「なるほど、確かに」

「モモの考えとしては、姫は王族に生まれたものの責務として、恋心に蓋をし、覚悟を決めてやってきた――と思っています。そこで想い人が婚約者だった。これはどれほどの喜びだったでしょうか？　ストーリーが背に乗ることで、喜びは運命になるんです」

「なるほど……っ！」

さすが真理愛、ちゃんと考えてきているな。指摘している点、俺も全面的に賛成だ。

「末晴お兄ちゃんには運命感がありました。人魚姫が主人公である以上、このシーンでは王子の心の動きのほうが丁寧に描かれます。逆に姫のほうは出番が少ないので、ここで王子より明確にキャラと意思を見せなければならないのです」

「王子や人魚姫が線で描かれるとしたら、姫は点……そこが繋がるような演技を心掛けろ、と？」

「ええ。空白を埋められるだけの見せ方をして欲しいです。いきなり今日から始めて、ここまでできるのであれば可能かと思います」

「……わかりました。今のアドバイスを意識して、もう一度やらせてください！」

盛り上がってきたな。演劇をやっているって実感できる場面だ。

ヒナちゃんは素直だし、理解力もありそうだ。台本をすでに手離しているところから見て、記憶力もいい。

トップアイドルなんだから、裏でちょっとくらい偉そうなところがあるかも――なんて想像をしていたが、一切その要素はない。この子、純粋天然でいい子だ。

それがあのうさん臭い瞬社長とコンビを組み、うまくやっているのはちょっと不思議な感じがするが……機会があれば聞いてみることにしよう。

稽古は続いていく。

注目すべきは、黒羽と白草の演技だろう。

二人は元々演技自体に前向きではなく、話題作りのために一応……という感じで配役されている。

そう考えると、ヒナちゃんが出てきた時点で話題作りは十分すぎるから、二人が出演する必然性はだいぶ下がった。二人が役者をやりたいかどうか――それだけが問題だろう。

侍女役の黒羽が人魚姫につぶやく。

『王子様には幼いときに亡くした妹君がいて、その妹君とあなたはそっくりなのよ』

……さすが黒羽、そつなくこなすな。ただ、ちょっと硬いか。

とはいえ、侍女のセリフはこれくらいのもの。あとはバックで侍っているだけがほとんどだ。

稽古すれば十分ものになると思うが……。

次は人魚姫の姉役の白草だ。

『人魚姫よ、この短剣で王子の胸を刺しなさい！』

……これ、配役した人、狙ってたな？

人魚姫の姉は人魚姫を助けに来る役どころだが、その行動は『短剣を渡し、王子を刺せとけしかける』というおどろおどろしいもの。それだけに白草にヒステリックな感じで演じさせると、かなりぴったりだ。

相性がいい役なのだろうか。白草はうまく役に入り込み、叫んだ。

『王子の流した返り血を浴びることで、人魚の姿に戻れるにょよ！』

「……ん？」

「ん？」

「……にょ？」

稽古中だ、笑っちゃダメだ……。

誰にでもその認識はあるのだろうが、だから、こ、そ、余、計、に、笑、え、て、し、ま、う。

「っっっっっ！」

強引に続行すれば次のセリフに行くこともできただろうが、先に白草がギブアップした。

「う〜〜っ！」

「ちょ、カットカット！　志摩さんが止めてくださいよ！」

志摩さんの反応が遅すぎて、つい俺が言ってしまった。

「えー、でも末晴さん。もっと見ていたいじゃないですか、白草さんの可愛いところ」

「あんたはあんたで結構ひどいな！　確かに可愛かったけどさ！」

この後、すねた白草はトイレに引きこもってしまい、しばらく帰ってこなかった。

結局白草抜きで進め、一通り最後まで通したころ、瞬社長が戻ってきた。

「ヒナくん、悪いがそろそろ時間だ」

遅れて哲彦と玲菜がやってくる。哲彦が眉間に皺を寄せているところを見ると、どうやら勝負条件を決めるのにかなり揉めたようだ。

ヒナちゃんは帽子を目深にかぶった。

「せ～んぱいっ！　今日は短い間ですがとても勉強になりました！」

「こちらこそ。ヒナちゃんの存在感には押されっぱなしだったよ。さすが現役ナンバーワンアイドル……」

役柄とはいえ、ヒナちゃんからの一途なアピールに『これは演技！』『ガチ恋しちゃダメだ！』と心に言い聞かせるのが大変だったよ、先輩は。

「それ、こっちのセリフですよっ！　期待した通りの演技……これからを考えると、もっとワクワクしてきました！」

「うっ、高評価すぎて怖いな……」

「大丈夫ですって、せ～んぱいっ！」

『せ～んぱいっ！』の言い方が果てしなく可愛い。やっぱりこの子、妖精だ。この音声だけで百分耐久にしてＷｅＴｕｂｅに動画を上げたいくらい。

「真理愛先輩もありがとうございました！　さすがの演技でした！　それに演技指導もありがとうございました！」

「いえ、こちらこそありがとうございます。さすが勝負を仕掛けてくるだけのものはあった、と言わせてもらいます。ただ次はもっと容赦しませんよ？」

真理愛はあいかわらずヒナちゃんの前だと小姑っぽいな。生粋の役者ジャンキーだけあって、ヒナちゃんの実力を認めざるを得ないと思いながらも、心のどこかで認めきれないという気持ちが見え隠れしている。

「はい、ぜひともお願いします！」

「ふ、ふ～んっ、いい度胸ですね、とだけ言っておきます」

姑みたいな真理愛のセリフにも、ヒナちゃんはあくまでにっこり。完全無欠の光属性だから嫌みがまったく効いていないようだ。

そのためか、真理愛は頬をぴくぴくさせていた。

「モモ、お前さっき俺や哲彦を『陽の当たらないところのほうが居心地良さそう』とか言ってたけど、お前も言うほど差がないからな？」

「そ、そんなことありませんよ、末晴お兄ちゃん？　おほほ」

「お前が『おほほ』って言うなんて、結構ダメージ食らってるんだな」

「言わないでください……」

ヒナちゃんはデレデレの大学生たちに見送られ、瞬社長とともに去っていった。

哲彦が時計を見た。

「あの野郎がいきなり現れたせいで予想以上に遅くなっちまったな。オレたちもそろそろ帰るか」

もう夕方か。稽古していると時間が経つのはあっという間だな。

「お前ら門限は大丈夫か？　いきなり勝負をすることになったし、できればファミレスで飯でも食いながら今後の打ち合わせをしたいんだが」

「まあ、連絡すれば大丈夫よ」

一番門限が厳しそうな白草がそう言うのだから、みんな大丈夫だろう。

そういうことで俺たちは大学を後にし、ファミレスへ移動した。

*

秋は夜長。あっという間に陽は落ち、ファミレスに着いたときにはすでに暗くなっていた。

当初は座席を巡って喧嘩が発生しそうになる、といった事態も起こったが、結局男性二人＋玲菜と女性三人が向かい合いになって座ることになった。

「で、勝負方法なんだがな――」

全員注文したところで哲彦が本題に入った。

「慶旺大学の学園祭では、正門でパンフレットを無料配布しているんだ。そこに投票券を挟んでもらうことになった。んで、投票ボックスを学内に何か所か設置しておいて、群青同盟と雛ちゃんとで、『いい演技』だと思うほうの投票券を投入してもらう。当日十八時に投票終了、二十時に結果公表だ。また事が予想より大きくなったことから、劇場外でも『人魚姫』を見られるよう、今、広告研究会が動いている。空き教室を使ってリピート上映会をするのはほぼ確定。あとメイン会場の大画面スクリーンで生中継をしたいって意気込んでたが、これはすでに押さえられてるから難しいかも、って話だ」

「投票方法、意外にアナログなんだな」

まず俺が思ったのはそこだった。

最近はネットでの投票が当たり前だ。そのためのシステム構築だって難しくはない。

「ネットを使うとな、日本中の『ヒナキスト』が殺到してくる可能性が高いと踏んだんだよ」

『ヒナキスト』とはヒナちゃんファンの代名詞だそうだ。なお、『ヒナキスト』はヒナちゃんを『ヒナッキー』の愛称で崇めているらしい。

「ま、そんなことになったら百パーセント負けるってことだ」

「なるほど……」

アイドルファンのアンテナの高さ、行動力を思い浮かべ、俺はすぐに納得した。

「だがそれだと、紙で投票したって同じことが起こるんじゃね？」

大学に『ヒナキスト』が大量に押しかけ、投票を席捲——なんてことは十分にありうる。

「あのクソ野郎も騒ぎになるのは避けたいみたいでな。当日のパンフレットと投票券配布まで、雛ちゃんの出演は伏せておくことになった」

「いいのか？」

「まあ事前に公表したら学生では手に負えなくなるって判断だろうな。ちなみに群青同盟の出演は明日、公表される。それでも人が来すぎたらどうしようって話してたくらいだ」

「それで対等な条件になんのか？」

「勝算は十分ある。あっちはトップアイドルで、知名度とファンのコアさが桁違いだ。でも事実上勝負は二対一。末晴と真理愛ちゃんの知名度を足せばいい線いくだろうって計算だ」

「ん？　二対一？　クロとシロは計算に入れないのか？」

「そもそも知名度ならお前ら二人のほうが圧倒的に上だ。お前ら二人を足したら、志田ちゃんと可知は誤差のレベルだっつーの」

　実感は湧かないが、そんなもんか。

「あ、甲斐くん、その話だけど——私は役者を降りるわ」

　さらりと白草が告げた。

「シロ、やっぱりさっきのミスが……」

俺がついその話題を口にしてしまうと、白草は顔を赤らめた。

「あ、あれは……まあスーちゃんの言う通り、さっきのミスがまったく関係ないとは言わないわ。一発勝負の舞台であれをやってしまうと……って考えたら、自信がなくて。私が役者をやる必然性はあまりなさそうだし」

「ごめん、あたしも今回は降りたいかな」

黒羽が小さく手を挙げた。

「あたしも可知さんと似たような理由なんだけど、一番はハルとモモさんの足を引っ張っちゃいそうだから」

「そんな、足を引っ張るなんてことはねーよ」

俺は否定したが、黒羽は首を左右に振った。

「やってみてわかったけど、あたしと二人はレベルが違う。もちろんヒナさんとも。哲彦くん、今回の投票『群青同盟』対『ヒナさん』なんでしょ？」

「ああ」

「となると、あたしが出れば確実に平均点を下げちゃう。これは一朝一夕で埋まるような差じゃないと思うの。そのことはハルとモモさんが一番わかってる気がするけど、違う？」

黒羽は冷静だ。俺や真理愛と、黒羽と白草の差は歴然とある。

これは才能とかじゃなくて、単純に稽古量の差だ。

黒羽や白草は舞台でも映える容姿を持っているから、適性はかなりあると思う。でも高校生になってから野球を始めた人間が、小学生から野球をやっていた人間にすぐには勝てないのと同じだ。

哲彦が肩をすくめた。

「オッケー。この件は今日中にオレから相手側に伝えておく」

黒羽と白草が胸をなでおろした。哲彦が異論なく呑んだことに安堵したのだろう。

少し空気が軽くなったところで、食事が出てきた。

食事タイムになり、どうでもいいような話題が降ってわいては消える。

ふと哲彦が尋ねてきた。

「おい、末晴、雛ちゃんはどうだったんだ？」

そっか、哲彦は条件交渉に行っていたからヒナちゃんの演技はまったく見られなかったもんな。

「たぶん純粋な演技力で言ったら俺やモモのほうが上だと思うんだけどさ、さすが現役トップアイドルっつーか、オーラがとんでもないんだよ、あの子……」

「ほぅ……」

「素直だし、トップアイドルなのに謙虚で自信過剰でもない。だから稽古している間にもドンドンうまくなってた。とにかく向上心が凄まじくてな。ありゃ一種の怪物だって」

「そいつは手強いな」

「役が合っているってのも脅威だぜ？　姫様役は、純真可憐。ヒナちゃんにぴったりの役だ。だからこそ、凄くよかった」

「まあお前は本来王子ってタイプでもないし、真理愛ちゃんも人魚姫って感じじゃないもんな」

真理愛がぷくっと頬を膨らませた。

「そう言われるのは心外ですね。多少キャラとの差はあるかもしれませんが、演技力でカバーするので大丈夫です」

「ただホント、うかうかしてられないよな。『はまり役は演技力を超える』なんてのはよくあることだ。俺もあの子に熱っぽい眼差しを何度も向けられるうちに――」

そこまで言って、向かいから放たれる殺気に俺は押し黙った。

「向　け　ら　れ　る　う　ち　に　？」

「続きは何？　ハル」

足が痛い……。テーブルの下から攻撃を食らっているためだ。

白草は俺の足の指を踏みつけてひねってくるし、黒羽は白草より足が短いせいか、つま先ですねを狙ってくる。どっちも最大級の痛みを感じさせる急所を的確に狙ってきているところが恐ろしい。

「い、いや！　相手はトップアイドルだし、あんな風に見つめられたら男は誰だって――」

「誰　だ　っ　て　？」

「もう少し詳しい話を聞きたいわね、スーちゃん？」

「うんうん、あたしも続き聞きたいなぁ？　ねぇ、ハル？」

「痛いです痛いですマジで痛いです」

テーブルが揺れて食器がガシャガシャと鳴る。

すでに食べ終え、俺の横でテーブルに肘をついて眺めていた玲菜がため息をついた。

「正論だとしても言い訳なんて悪手を打っちゃうところがパイセンっスなぁ……」

「レナ、助けてくれ」

「救急車でいいっスか？」

「ケガする前提で動くなよ！」

＊

翌日の日曜も大学で稽古をした。

さすがにヒナちゃんは来られず、次、確実に来られるのは前日のゲネとのことだ。

ちなみにゲネとはゲネプロのことで、本番同様に舞台上で行う最終リハーサル、通し稽古といった意味がある。

「オレから見ると順調そうに見えるが、どうなんだ？」

稽古後、俺が更衣室代わりに使ってと言われた空き部屋で着替えていると、哲彦が聞いてきた。

「まあ、順調かな。このペースなら俺もモモも間に合うと思う。志摩さんが演出家として機能していないのはちょっと問題だと思うが」

あの人、悪い人じゃないんだ。『いい演技ですねー』とかすぐ言ってくれるから、モチベーション上がるし。

しかし演技指導がない。NODOKAさんから『好きにしていい』って言われるはずだ。

というわけで、事実上俺と真理愛で演出をしていた。

「雛ちゃんには勝てそうか？」

「あっちの人気を考慮しても、たぶん……。ただヒナちゃん、昨日一日だけでも演技が伸びてたから、それだけはホント油断ならねぇって思う」

「……やっぱわかんねーな」

哲彦が頭を掻いた。

「何がだ？」

「この勝負。〝やつ〟らしくねぇ」

「ふーむ」

確かにそうなんだよな。これまでに比べて緊張感がない。

ＣＭ勝負のとき、負けていれば俺はワインをかけたことに関して警察に被害届を出されていた。

ドキュメンタリーと真エンディング制作の際は、俺の過去が週刊誌で暴かれ、ミスリードまでされた。放置していたら当時の関係者に迷惑がかかったのは確実だし、ちょっと対処が遅れていれば、マスコミに騒がれて大変なことになっていたところだ。

それだけに今回も悪辣な企みが隠されている気がするのに、まったく見えてこない。

「真理愛ちゃんの両親、お前が付き添っているとき、来てないよな？」

「ああ。注意してるが見かけてねぇよ」

「じゃあ真理愛ちゃんに違和感あるか？」

「いや。お前は感じるか？」

「わかんねーから聞いてる」

「少なくとも俺も違和感はねーよ」

哲彦は髪を掻きむしった。

「……しゃーねぇ。オレももう少しいろいろ探ってみる。お前も引き続き傍で見張りつつ、勝負に勝てるよう全力を尽くしてくれ」

「ああ」

「あと、今日真理愛ちゃんを家に送った後、そのまま飯をご馳走になるんだろ？」

「おい!? 何でそのこと知ってるんだよ!?」

おかしいな、俺、秘密にしていたはずなのに。

もちろんやましい気持ちなんて微塵もな……いや、ちょっと絵里さんのセクシーなオフショットには期待しているが……まあ黒羽や白草に嗅ぎつけられて大変なことになるのが嫌だ——と思って口を固く閉じていたのだ。

なのになぜ。

「さっきお前がいないところで、真理愛ちゃんが自慢して志田ちゃんと可知にマウント取ってたぜ」

「どうしてみんな自分から地獄を作っていくんだよ!?」

お腹痛いな……家に帰りたくなってきた……。

「まあお前が後で絞られるのはどうでもいいんだが」

「どうでもよくねぇよ！　お前はホントカスだな！　たまには少しフォローくらいしろよ！」

哲彦は俺の言葉を無視して続けた。

「真理愛ちゃんの自宅に行ったとき、絵里さんにちょっと話を聞いてみてくれよ。オレや末晴が違和感を覚えてなくても、絵里さんなら感じてるかもしれねぇ」

「ああ、なるほど。それは了解したが——お前『すでにモモの両親が接触してきてて、モモが黙っている』って可能性、かなり怪しんでるんだな」

「真理愛ちゃんがどうこうっていうより、情報の出所がかなりかてぇんだよ」

「なるほどな」

哲彦はその『情報の出所』とやらをもっとも信頼していて、むしろ真理愛のほうが信頼度が低いってことか。

「そう言われると、モモって結構意固地なところがあって、問題を自分で抱えちまう面もあるから、俺も簡単にありえないって言えないんだよな……」

「つーことで、しっかり探っておけよ」

「わーってるって」

話はそこで終わった。

群青同盟全員で大学を出て、駅でみんなと別れる。とはいっても、俺は真理愛を送っていってそのまま夕食をご馳走になるから、真理愛と一緒だ。

途中、スーパーに寄り、買い物。

真理愛が大量に食材を買い込んだので、俺は荷物持ちとして両手にレジ袋を持って横を歩いていた。

「おもてぇ……買いすぎだろ……」

「おいしいものたーっぷり作りますので、楽しみにしててくださいね、末晴お兄ちゃん♡」

真理愛のマンションまでの道は、駅近くを過ぎると人気がなくなる。

俺は哲彦が警戒を強めていたことを思い出し、直接尋ねてみることにした。

「なぁ、モモ。お前の両親って、お前に接触してきてないんだよな？」

「ええ、幸いなことに」

よどみない返答。嘘をついているようには……見えない。

「あの人たちには二度と会いたくないと思ってますし、感謝の気持ちなんてまるで湧いてきません。けれど今、こうして末晴お兄ちゃんと二人きりで家まで帰れる――そのきっかけになってくれたことだけには感謝してもいいかもしれません」

真理愛はあごに人差し指を当て、可愛らしく笑ってみせた。

「……まあお前がそうやって割り切れているならいいんだが。もし何かあれば、すぐに連絡くれよ。何でも力になるからさ。俺は昔のお前を知ってるから、時折心配になるんだよ」

人間不信で。ハリネズミのように周囲を威嚇して。でもどこか寂しそうで。抱えきれない苦しみを問題行動という形でしか発散できなくて。才能はあってもまったく活かし切れていなかった。

それが今や、『理想の妹』なんて呼ばれたりする若手人気女優だ。何をしてもそつなくこなすし、したたかさで言えば黒羽や白草にも負けていない。

それでもたまに不安がよぎるのは、心の奥底にある真理愛の弱さを知っているからだろう。

「ありがとうございます、末晴お兄ちゃん」

真理愛は心から嬉しそうに笑った。

「でも大丈夫です。モモは強くなりましたから」

「だといいんだが」

「それよりも――」

「ん、何だ？」

「こうして二人で歩いていると、新婚さんみたいですね」

「ぶっ！」

俺は思わず吹いた。

「俺たち高校生だから！」

「三年後にはどっちも卒業しているじゃないですか」

「俺は今の話をしているんだ！」

「ちょっと未来を先取りしているだけですよ。つまり末晴お兄ちゃんとモモは夫婦という結論でいいですか？」

「あいかわらず人の話を聞かねぇな！」

「何のことやら」

ふふふ、と真理愛は笑う。

あ、赤信号だ。

俺は両手に提げたスーパーの袋が重すぎて、持ったまま地面に置いた。

「まあ、でもよかった」

「何がです？」

「お前、こうと決めたらかたくなだからさ。笑ってくれるだけで、昔と違うんだなって安心できるんだよ」

「それは――末晴お兄ちゃんがいてくれるからですよ」

「!?」

いきなり真理愛は、俺の頭を両手で摑んだ。

普通なら真理愛の身長だとそんなことはできない。俺がスーパーの袋を地面に置くためにかがんでいたせいだ。

そしてそのまま――軽く額と額をぶつけてきた。

「も、モモ!?」

こんなの子供のころ、母親が熱を計るためにしてきた以来のことだ。

呼吸が交わるような距離。

いくら妹のような相手とはいえ、動揺せざるを得なかった。

「──昔、末晴お兄ちゃんはこうやって頭をぶつけることで、わたしの目を覚まさせてくれました」

「……あったな」

──でもじゃねーーーーっ!!

当時『でも、でも……』と言い募って前に踏み出そうとしない真理愛に対して腹が立ち、頭突きをかましたんだっけ。

「末晴お兄ちゃんは自覚がないようですが……あの日、あのときからわたしは生まれ変わったんです。末晴お兄ちゃんは、ただ腐って死んでいくことしかできなかった女の子を、陽の当たるところに連れ出してくれたんです」

「それは……お前自身の努力の結果だ」

「ほら、またそれです。恩に着せないのは美徳だと思いますが、感謝の気持ちを素直に受け取ってもいいんですよ?」

至近距離で、目と目が合った。

わたしを見て──と訴えているようだった。

真理愛の目がほんのりうるんでいる。頬は紅潮し、熱が伝わってくるようだ。

ドクンッ、と胸が高鳴った。

血圧は急上昇し、思考がまとまらない。

（あれ、相手はモモだぞ――）

そんなことを考えている間にも手は汗ばみ、呼吸は荒くなる。

おでこをくっつけているだけに、呼吸で俺の動揺がバレてしまわないかと焦ってていた。それよりも気にすることがあるはずだが、なぜか呼吸ばかりが気になり、懸命に抑えようとするほどに心理的に追い詰められてより鼓動が跳ね上がる悪循環となっていた。

「お兄ちゃんはさっき、何でも力になるって言ってくれましたよね？」

「あ、ああ、言ったが……」

「実はわたし、強がりましたが、たまに疲れてくじけそうになるときがあるんです」

「モモ……」

真理愛の視線が熱っぽい。

その視線に吸い込まれ、俺も何だか暑くて仕方がなかった。

「だから今……少しだけ甘えさせてください」

そう言って、真理愛は鼻の頭を俺の鼻の頭にくっつけ、すり寄せてきた。

もう少し近寄ればキスしてしまうような距離……なのに、なんだかくすぐったい――子供同士がじゃれ合っているような触れ合いだった。

「これ、エスキモーキスって言うんです。アラスカでは、外でキスをすると唾液で唇が凍ってしまうことから、こういうキスで愛情や親愛の気持ちを表したそうです。ロマンチックですよね」

「モ、モモ……」

「わたしだって、乙女ですから、これが精いっぱいなんです……。末晴お兄ちゃんはわたしがどれだけ本気で言っても、信じてくれないんですもん……。だから、できる限りの行動で親愛の情を示してみました」

ふっ、と真理愛が離れる。

なんだか大切な半身が遠ざかってしまったような、不思議な喪失感があった。

「なんだからしくないこと、しちゃいましたね」

恥ずかしそうにつぶやく。

そして鼻の頭に触れ――照れくさかったのか、背中を向けた。

「でも、元気もらっちゃいました」

俺は助かったと思った。なんだか気恥ずかしくて、真理愛の顔を正面から見られなかったから。

真理愛は背を向けたまま、か細い両腕でガッツポーズをした。

「さて、次は最高の料理で末晴お兄ちゃんの胃袋を摑み、モモの嫁入りを認めさせせちゃいましようか」

「……おい、滅茶苦茶話が飛んでるぞ」

「ふふふ……」

真理愛が微笑む。

その笑みにはなぜだか神々しさがあって、俺の鼓動はまた跳ね上がっていた。

（あ、あれ……）

おかしいって。こんなにドキドキするの、ダメだって。

高揚と、そこはかとない不安、恐怖。

この感覚、覚えがある。

そう、毒が回るような感覚。

ああ、そうか。

俺は今、認めてしまったのだろう。

真理愛が妹みたいな存在ではなく――強く、したたかで、それでいて可愛らしくてか弱い

……一人の魅力的な女の子であることを。

第三章　新たな条件

＊

週が明けて学校が始まる。

俺は昼休みに哲彦と飯を食べながら、昨日の絵里さんとの会話について報告をしていた。

「結論を先に言うとな、絵里さんもモモに違和感を覚えてなかった」

「ふーん」

哲彦がカツサンドをかじる。

真理愛に何か異変を感じないかと尋ねたとき、絵里さんはこんな表現をしていた。

『違和感はないけど、あたしの意見が絶対に正しいと思わないで』

『いくら姉妹と言っても別の人間だから、気づかないときもあるの』

『特にあの子、昔より嘘がうまくなってるから……本当にわからないの』

そのことを伝えると、哲彦は牛乳を飲み干した。

「真理愛ちゃんの両親が接触してくる可能性については？」

「もちろん話した。そしたら、とんでもなかった……」

俺はそのときのことを思い出した。

『じゃあ、なるべく真理愛と一緒にいるべきだね』

『ごめん、少し待って……電話してくる』

『（電話後）オッケー、バイトやめてきた』

この間、約二分。

驚きの行動力だった。

「さすが中学卒業と同時にモモを連れて逃げてきただけはあるっていうかさ……。絵里さん曰く『そりゃ今のバイト、関係も良好で就職するまで続けようと思ってたけど、真理愛の一大事なら、比べられないし』だってよ」

「あの人やっぱりただものじゃねぇな……」

哲彦としても絵里さんの評価はかなり高いようだ。

結局、俺、哲彦、絵里さんの三人で違和感を覚えていない以上、まだ真理愛の両親は接触してきていないと判断するしかなかった。

「末晴、ダメ元でいつもと違う行動をしてみるってのはどうだ？　意外な反応が返ってきて、真理愛ちゃんがぼろをだすかもしれねぇ」

「お前はまだモモが嘘をついている説を推すんだな……」

「だってオレ、真理愛ちゃんあんま信じてねぇし。つーかオレ以外の人間、ほとんど信じてね

「まあお前らしいっちゃらしいが……」

哲彦の根本に人間不信があるのは何となくわかる。正直、そういう傾向を持っている人は少なくない。

だから非難する気はないが……平気で人に言うところが哲彦だよなぁ。まあオレは気にしないからいいいんだけど。

「つーことで、末晴。いつもオレたちは部室集合だけどさ、お前いきなり真理愛ちゃんを教室へ迎えに行ってみてくれよ」

——ということで。

放課後になったと同時に真理愛を教室へ迎えに行ってみた。哲彦の案は実行しても損がないものだったので、さっそくやってみることにしたのだ。

俺の教室に真理愛が来ることは多々あるが、俺から真理愛の教室へ行くのは初めてだった。

そのせいだろうか。下級生の教室だというのに、不思議に緊張した。

「んー……」

こそっと、後ろの出入り口から覗き込み、教室内を見回した。

あ、いたいた。最後部の席にいて、クラスメートらしき女の子と談笑しながらカバンにものを詰めている。

談笑相手が玲菜ならともかく、知らない女の子だと声をかけづらいな……。

そんなことを考えていた、そのとき。

「あー、末晴先輩だっ！」

「うわっ、マジだ！」

クラスにいた女子生徒が俺に気づき、声を上げた。そのせいで一気に注目が集まってしまう。

「あ、いや、そんな騒がなくていいから……」

下級生の女の子って、不思議なくらいパワフルなんだよな。

興味や期待の視線が強すぎて痛いほどだ。

「ねーねー、先輩。本命は哲彦先輩って本当ですか？」

俺は尋ねてきた女子生徒にジト目で返した。

「君、なかなかチャレンジャーだな……」

「えー、だって気になるじゃないですかー？」

みんな彼女ほどアグレッシブじゃなくても興味はあるらしく、周囲の生徒が聞き耳を立てているのがわかる。

困ったなぁと思っていると――

「いやぁ、それはさすがに『察しないと』マズいと思うっスよ？」

教室の前方にいた玲菜が間に入ってきてくれた。

ありがたい――と思ったのもつかの間。

どうしてだろうか。俺を囲んでいた女の子たちがざわつき、空気がよどんだ。

「浅黄さん……あなた、群青同盟の準メンバーだからって、こんなところでマウント取らなくても……」

「あー、いやー、そんなつもりはないんスけど……」

「いつも忙しいって言って、みんなの誘いを断ってるくせに……」

ん、ん～？

玲菜のクラスのポジションって、こんな感じなのか。

そっか、玲菜がやっている『何でも屋』ってよく知らないけど、いつもバイトをしていると考えれば、自然とクラスメートとの付き合いは減らさざるを得ないだろうし。そうなるとクラスで孤立気味になっちゃうのかもな……。

完全に予想外だ。玲菜はいつも俺に平気で突っ込んでくるから、クラスでもふてぶてしくうまくやっていると思い込んでいた。

先輩として何とかしてやりたいところだが、いきなり来た上級生が説教しても悪化する未来しか見えないし、何かいい方法はないものかなぁ……。

「あら、末晴お兄ちゃん。珍しい、モモを迎えに来てくれたんですか？」

騒ぎになりかけていて、敏感な真理愛が気がつかないわけがない。

外行き用の笑顔で武装した真理愛が声をかけてきた。

「玲菜さん、ありがとうございます。モモの代弁をしていただいて」

「いや、それほどのことは」

「そんなことないですよ。だって察してくれない人に、ちゃんと諭してくれたじゃないですか」

教室での真理愛は、群青同盟にいるときより『お澄ましモード』のようだ。

ただし、今は澄ました笑顔が引きつっていた。どうやら玲菜をぞんざいに扱う女子生徒に対し、怒りが抑えきれないようだ。

「桃坂さん、そんな、私はそんなつもりじゃ――」

女子生徒は真理愛からプレッシャーを受け、たじろいでいる。

さすが真理愛、すでにクラスを支配しているようだ。

真理愛はクスリと笑うと、俺の腕に飛びついてきた。

「末晴お兄ちゃんの本命はモモに決まってるじゃないですか。それくらい察してくださいよ」

「「「え、ええーっ！」」」

教室内はどよめきに包まれた。

「そ、それって、哲彦先輩を本命と見せかけて、やっぱり桃坂さんが本命ってこと？」

「あ、そっか。女優さんだから、カモフラージュが必要なんじゃ……」

「でもでも、哲彦先輩とのキスには愛があったって、見た人が……」

誰かな？　哲彦とのキスには愛があったなんて言った下級生は？　ちょーっとお説教が必要だろうし、後で真理愛に確認しておこうかな？

「ね、ね、先輩、本当はどうなんですか？」

先ほど真理愛からのプレッシャーにたじろいだ女子生徒が興味津々で詰め寄ってくる。

と、俺はここで気がついた。

（……あれ？　いつの間にか空気が改善してる？）

そっか、真理愛は『玲菜の味方で、玲菜への無遠慮な言葉に怒った』ことをしっかり示すと同時に、大きな話題を振って遺恨を吹き飛ばしたのだ。

俺が真理愛の配慮に感心していると、真理愛は俺の腕により身体を寄せた。

「ふふふ、それは内緒ですよ。モモと末晴お兄ちゃんは、ちょっと人様には言えないような関係なので」

「「「ひ、人に言えないーっ⁉」」」

「そうなのです。詳しいことは……秘密です☆」

「「「ひ、秘密の関係ーーっ⁉」」」

あ、真理愛は真理愛で結構楽しんでるな。

「ありえそう……」

いつもと違う行動をすれば意外な真理愛が見られるかも――という哲彦のアドバイスで来てみたが、確かに知らなかった姿が見えた。

真理愛はちゃんとクラスに溶け込み、学校生活を楽しんでいた。それはこうして真理愛の教室まで来なければわからなかったことだ。

玲菜も真理愛の手腕に助けられ、笑っている。

真理愛が転校してくるきっかけを作った兄貴分としては、とても嬉しいことだった。

＊

「王子様……どうしてわたしのことを見てくれないの……？　わたしは、こんなにもあなたのことを愛しているのに……」

大学の会議室で、真理愛は演じる。

これは人魚姫の独白シーン。だからこそ、真理愛の役者としての実力がいかんなく発揮される……はずなのだが……。

「モモ、ここはもっとか弱く……うーん、ちょっと違うな。もうちょっと一途な感じとでも言えばいいのかな？　なんていうか、王子が愛してくれないことに『怒り』が混じっているように見える」

俺はそう突っ込んだ。

演出は事実上俺と真理愛でしている。なのでこうした指摘は珍しいものじゃなく、互いに指摘し合うことで演技の質を高め合っていた。

「……なるほど。わかりました」

納得してくれたようだ。

そうしてすぐにやり直したのだが——真理愛にしては珍しい。修正がうまくいかず、何度やり直しても俺が期待するような演技にならなかった。

俺と真理愛は幸い一緒に帰っている。そのため人魚姫の脚本について、帰宅途中も話し合い、劇の方向性をしっかりと固めることにした。

「まず今回の人魚姫の方向性だけど、この前話した『一途に王子を愛する人魚姫の報われない想い』をありありと描くことで、観客を感動させる——それでいいよな？」

「はい、それで問題ないです」

電車の中で、俺たちは声を潜めて会話する。

「じゃあ俺がやっている王子なんだけどさ、やっぱりまったく『人魚姫＝助けた少女』って気づかなかったと思うか？」

人魚姫は、心惹かれた王子が嵐に巻き込まれたところを助ける。でも人魚だから名乗ることができず、代わりに助けを呼ぶ。しかし王子はやってきた修道女に助けてもらったと勘違いし、修道女に惚れてしまう。この『すれ違い』と『本当のことが伝わらない』ところが、【悲劇の根幹】と言っていいだろう。

「まったく気づいてないっていうのが、普通の解釈じゃないですか？」

「うーん、俺、この茶船用の人魚姫の台本を読んでいるうちに、薄々気づいていたんじゃないかって気がしてきたんだよなぁ」

「と、いうと？」

「人魚姫原作を読んだんだけどさ、人魚姫と修道女（隣国の姫様）がそっくりだったんだって。そうなるとまあ、修道女に助けられたって勘違いしてもしょうがないし、そのまま惚れちゃうのもしょうがないかなぁって思うんだよ」

「まあ、そうですね」

「でも茶船用のものは、モモとヒナちゃんがそれぞれ演じるように、まったく似ても似つかないことになってる。となるとさ、嵐のときに助けてくれた女性と、修道女は普通一致しないよな」

そう、この辺の論理が自分の中でしっくりこないのだ。

王子様は漠然と『命を助けられたから惚れた』となっている。この命を助けられたからというのは、『嵐から助けられた』と『看病して助けられた』のどちらかと言うと、『嵐から助けられた』と読むのが自然に感じる。そうなると、なぜ修道女に惚れてしまったんだ……という疑問が出てきてしまうのだ。

「末晴お兄ちゃんの考えはどうなんですか？」

「嵐のときに死にかけてたんだから、記憶がごちゃごちゃになっていたってのが一番しっくりくる」

「なるほど、記憶が混濁していたので勘違いして修道女を好きになったけれども、記憶の混濁なんて曖昧なもの。だからこそ王子は人魚姫の正体に薄々気がついていたんじゃないかってことですね」

「一応証拠というか裏打ちもあってな、王子って人間になった人魚姫を助けるだろ？」

「ええ」

「妹に似ていたって理由があるけど、赤の他人だぞ？　いくら声が出ないからって、宮殿で看病したり、あちこち連れていったりしてくれるとか、やり過ぎじゃないか？」

「ああ、それは確かに感じましたね」

キキーッと音がして、電車が揺れる。急ブレーキがかかったのだ。

後ろの人が倒れてきて、俺は真理愛に覆いかぶさる形でドアに手をついた。

「末晴お兄ちゃん……そういうのはモモの部屋で……♡」

「いきなり何ぶっこんできてんの⁉　びっくりするんだけど⁉」

真面目に話していたはずが、一瞬で桃色の空気に変わってしまっていた。真理愛、なんて恐ろしいやつなんだ……。

「ちっ」

周りのサラリーマンや学生から舌打ちされた。

ただまあ舌打ち程度で済んでよかった。俺たちの正体がバレたら最悪動画で撮影されてネットにアップ。これまた大騒ぎという展開もあり得た。そういうスリルを真理愛は楽しんでいるところがあるだけに侮れない。

「あのな、モモ。話を戻すぞ」

「はーい」

ご機嫌な真理愛に俺はため息をつきつつ、顔を引き締めた。

「俺はな、王子は人魚姫が命の恩人だったと気づき始めていて、心も惹かれていたと仮定したいと思ってるんだ」

「だとすると、婚約者の姫が修道女と知ったときの感情、ちょっと違ってきますね」

「そうなんだよな。彼女と結ばれるのが王子として正しい。なので違和感はあったが、『無理やり好きだと思い込もうとした』――俺としては、そんな風に考えられないかなって思ってるんだ」

「それなら今までまったく歯牙にもかけられていないと思っていた人魚姫って、実はかなりチャンスがあったのでは……？　という感じになって、印象変わりますね」

「そうそう。あと、王子ってバカだよなぁって思っちゃうんだよな。いや、国を背負ってるから結婚の決断はもっともなんだけどさ。王子がちゃんと気づくだけで人魚姫が報われる展開になるだろ？　前よりハッピーエンドが近くなった分、気づけよこらぁ！　みたいな感情になるわけなんだよ」

「いやでも末晴お兄ちゃん、人魚姫はバッドエンドこそが話の肝では……」

「そうなんだけどさ！　俺、ハッピーエンドのほうが好きだから！」

「まあまあ、ハッピーエンドは無理として、末晴お兄ちゃんの解釈は面白かったです。さっそく明日、その前提での演技、見てみたいですね」

「了解」

よし、俺がもやもやしていたところはだいぶ固まってきた。

次は真理愛の人魚姫についてだ。

「モモさ、今の王子の解釈を前提にすると、人魚姫はどんな感じがいいと思う？」

「……そうですね。『王子が本当のことに気づきかけている』ということを人魚姫が察知していれば、あんなエンディングにはならないでしょうね」

「逆算だけど、そうなるよな」

チャンスがあるとわかっていれば、人魚姫は自殺を選ばないだろう。もっとアプローチをしたり、真実を伝える手段を模索したりするなど、別の行動を取るほうが自然だ。

「となると、人魚姫って案外王子のことを見ていないというか……盲目的……おバカ……ちょっといい言葉が見つからないですね」

「俺はさ、人魚姫は『利他的な性格』だと思うんだよな」

「利他的……なるほど、自分のことは後回し。誰かに尽くして喜びを得るような、そういう……」

「そう。もちろん人魚姫は自分が報われたいと思って苦しむし、あがくんだけどさ。根本にはまず王子への想いがあって、自分よりも王子の幸福が最優先っていう、利他的な性格だと思うんだよ。だから姫様と結ばれた王子を短剣で刺せず、飛び降りて泡になったんだろ？」

「ええ」

「俺はそう解釈していたんだけど、それだとモモ、今のお前の演技、ちょっと『強い』んだよな」

　ようやくこの話に戻ることができた。

　さっき真理愛が引っかかって、何度やり直してもうまくできなかったシーン。ダメな点をどう表現すればいいかずっと悩んでいたのだが、ようやく導き出した俺の結論が『強い』だった。

　真理愛にはたくましさがある。敵が来ればただやられるだけじゃなくて、反撃し、翻弄してやろうというしたたかさもある。人魚姫のような『利他的』な行動をするタイプではなく、『利己的』な行動をするタイプだ。

それは一人の人間として悪いことじゃない。『利他的』にも他人に依存するという短所もある。

ただ今求められているのは、『利他的』な人魚姫だ。素を演技で隠す必要がある。

真理愛は現在、それができていないのだ。

本来器用な真理愛が、なぜできないのかはわからない。でもこれは、おそらく素人でも気づく部分だ。本番までに改善しなければならないだろう。

「……わかります。末晴お兄ちゃんの言っていること、理解しました」

「そうか、わかってくれたか」

「明日からはもっと『利己的』な自分を消し、『利他的』になるよう演じてみます」

「よかった。これで方針は決まったな。それがうまくできれば観客を泣かせられるはずだ。そうなればヒナちゃんがどれだけ可愛らしく『純粋無垢な姫様』をやろうと、勝てると俺は思ってる」

「ですね。了解です」

だがこの日くらいから――少しずつ真理愛の調子は崩れていった。

＊

本番は明日に迫ってきていた。

今日、大学にゲネプロをしに行く。セットも音楽も照明も、本番と同じ内容での通し稽古だ。それが終われば泣いても笑っても本番しかない。ヒナちゃんも初めての読み合わせ以来の参加予定で、かくいう俺も大学へ行く前だというのに緊張してるくらいだ。

現在、俺たちは穂積野高校の体育館にいた。

大学での集合時間は十九時。いつもは十七時ぐらいだが、今日は大道具の設置や音響の確認があり、やや遅めの集合となっている。そのためそれまでの時間、体育館の舞台を借りて稽古しようというわけだった。

「王子様……どうしてわたしのことを見てくれないの……？　わたしは、こんなにもあなたのことを愛しているのに……」

舞台では今、真理愛が一人演じていた。繰り返し稽古している、人魚姫の独白のシーンだ。

真理愛が演技をしているのだから、当然注目度は高い。体育館を使う部活――バレー、バスケ、バドミントン、卓球――のメンバーは活動しつつも視線が引き付けられ、時折顧問の先生に怒られている。

「哲彦、モモの演技、どう思う？」

舞台袖で演技を見ていた俺は、隣にいる哲彦に聞いてみた。

「んー、若手俳優ならこんなもんかもしれねぇが、真理愛ちゃんの実力を考えれば話にならんだろ。なんつーか、表面だけで胸に来るもんねぇんだよな」

「そうだよなぁ……」

「体育館にいるやつらは真理愛ちゃんが演じているだけで大喜びだが、内容見てねぇもんな」

俺が『利他的』な演技が必要と言ってから数日。真理愛はずっと課題として挑戦をし続けているが、むしろ悪くなっているように見えた。

真理愛自身、苦しんでいるのがわかる。

自分が思うように演じられないためか、それともそんな演技でも喜ぶ生徒たちを見たせいか。

どちらにせよ、本番が迫るにつれて焦りはより顕著になり、演技に悪影響を及ぼす最悪の循環となっている。

「ありゃりゃ、真理愛先輩、随分苦戦されてますね」

ふと横に立った少女がつぶやいた。

黒羽並に小柄。帽子を目深にかぶっていることから、顔がわからない。

私服のままでよく学校に入れたな、この子……なんて思っていると、哲彦が目を瞬かせた。

「雛ちゃん、か……？」

「⁉」

俺は思わず目を見開いた。

世間で大人気のトップアイドルが学校の体育館にいるなんて、ありえない。ありえなさすぎて、まぎれもなくヒナちゃんと認識しているのに、それでも信じきれない。

ヒナちゃんは純粋無垢な笑顔を浮かべ、俺に身体を寄せてきた。

「ちょっと早く仕事が終わったので、来ちゃいました——せ～んぱいっ！」

先輩と言う際、時折『せ』のあとを少し伸ばすところがあいかわらず可愛らしい。

とはいえ、惚けていることはできなかった。

もし生徒の誰かがヒナちゃんを見つけたらとてつもないことになるだろう。今、学校に残っているやつが全員ここに集まってくるかもしれない。

俺はそんな状況を想定し、顔を青ざめさせた。

「どーしました、せ～んぱいっ？」

ヒナちゃんは暢気なものだ。本当にトップアイドルなのかと思うような気さくさでニコニコ笑っている。

「おい、末晴。オレは幕を閉めてくる。お前はヒナちゃんを黙らせろ」

そう言って哲彦はその場を離れた。

「あれ、閉めちゃうんですか？　ヒナも舞台に立ちたかったのに」

「いやいやいや、ヒナちゃん自分の知名度わかってる!?」

「もちろん、ヒナはトップアイドルですっ」

腰に両手を当て、身長の割に豊かな胸を張る。その身体のフォルムだけでも日本人離れしていて、つい見惚れてしまうほどだ。

「っと」

俺は慌てて理性を発動させ、無自覚なヒナちゃんの口を手で封じた。

「とりあえずヒナちゃん黙ってて。万が一声が聞こえちゃったら、大変なことになるから」

「ふふふ、ふふふふっ……」

あれ？　ヒナちゃん、妙に楽しそうだな……。

女の子の口を無理やり手で塞ぐなんて、正直暴れられたりしてもおかしくない。もし嫌がられてもそのまま引きずって安全圏へ離脱しようと覚悟を決めていたのだが、楽しそうに笑うのは完全に想定外だった。

「なんさかかくへんほみはいへたのひいへすね」

「何を言っているのかわかんねぇよ！」

俺は空いている片手で頭を抱えた。

だが次の瞬間——俺はあることに気がついてしまった。

あれ、今、俺の手に、トップアイドルの唇が触れていないか……？　それって、滅茶苦茶凄いことじゃね……？

何だ、この背徳感……⁉　温かな吐息が手にかかってくすぐったいのが、妙に興奮するというか……⁉

「ハル……何をやっているの……？」

「スーちゃん……何で嬉しそうなの……？」

現在、哲彦が機械を作動させ、幕が閉まり中。そのタイミングで反対側の舞台袖にいた黒羽と白草も異変に気づいてやってきた、というわけなのだが——

「——すいませんでした！」

俺は即座に土下座した。

「やましい気持ちはありませんでした……」

「そういうセリフって、やましい気持ちがあるから出るのよね？」

「志田さんに賛成ね。スーちゃん、『やましい』をもう少し掘り下げて聞きたいんだけど？」

「あははっ、先輩おもしろーいっ！　土下座はやーいっ！」

なぜだかヒナちゃんに土下座が物凄くウケてる。

黒羽がじろりとヒナちゃんを見た。

「ええと……ヒナさん、と呼んでいいかな？」

「はい、どうぞお好きに。あなたは先輩の幼なじみの黒羽さんですね？」

「え、あたしのこと知ってるの？」

「もちろんですよ！　群青チャンネルの動画、ヒナ全部見てますから！」

「あ、そっか、そういえばこの前そう言ってたね」

「ヒナ、黒羽さんの優しさ、凄く好きなんです。黒羽さんって、こそっと助けること多いじゃないですか。こう、『助けられた人が申し訳ないって思わないよう、助けられたことにさえ気づかせないようにしている』というか。やっぱそれって、憧れる優しさですっ！」

「えっ、そ……そう？　うん、ありがと」

当初、黒羽は文句を言うつもりだったに違いない。しかし少し会話しただけで彼女に悪意がまったくないことに気がついたのだろう。すぐに毒気がない顔になってしまった。

「志田さん、どいて」

代わりに白草が前に出た。そして眉間に皺を寄せて言う。

「あのね、虹内さん。あなたが可愛くて歌がうまくてダンスもうまくて、最高のアイドルってこと、私は十分に知っているわ」

「ホントですか⁉　白草さん、ありがとうございます！」

険しい顔をしていた白草だったが、輝くような笑顔に気圧されたようで、露骨にたじろいだ。

「ううう、あなた可愛すぎるのよ……。可愛すぎて問題だわ……」

何だろう、もはや論理的におかしくなっている気がするのだが……。とにかく白草がポンコツになってしまっているのは確かなようだ……。

白草は咳払いして、顔を引き締め直した。

「つまりスーちゃんにこれ以上ベタベタするのはやめて欲しいってことなのよ」

「ベタベタ……？」

ヒナちゃんはピンとこないようだ。この子、天然で距離感が近いんだな……。

言わんとするところがうまく通じないことに白草は困り果て、目をグルグルに回すほど悩んだあげく、つぶやいた。

「う、ううぅっ……とりあえず大ファンなので後でサインをください」

「それが結論かよ！」

つい俺は突っ込んでしまった。

ヒナちゃんはニコッと笑った。

「白草さん、ヒナもサインもらっていいですか？　芥見賞受賞作『君のいた季節』読みました！　とても面白かったです！」

「……え？」

虚を突かれた白草だったが、よほど嬉しかったのだろう。口元がにやけている。

「あ、そ、そう？」

「今日、お会いできるってわかっていたんで、本、持ってきてるんですよー」

お世辞ではないようで、バッグから本を取り出した。

白草がパァッと顔を明るくしたが、すぐに頭を抱えた。

「困ったわ……この子、いい子すぎる……」

「可知さんチョロすぎ……」

黒羽がため息をつく。

「ファンを大事にしているだけよ！」

と言いつつ、結局白草は見るからに口元を緩め、丁寧にサインを書き始めた。

するとそんなところへ、哲彦から事情を聞いた真理愛が近づいてきた。

「あ、お疲れ様です、真理愛先輩」

ヒナちゃんが明るく声をかける。

元々ヒナちゃんに小姑的対応をする真理愛は、不機嫌そうに言った。

「どうしてあなたがここに？」

「ちょっと仕事が早く終わったので、少しでも一緒に稽古したいと思いまして！」

お、ただやってきただけじゃなくて、稽古参加がメインだったか。それはありがたい。

稽古は今日で最後。今まで合わせができなかったヒナちゃんとの稽古は、一、二時間あるだけでも随分違う。

真理愛は眉間に皺を寄せた。

「雛菊さん、あなたマネージャーは？」

「撒きました！」

「それ、楽しげに言うことかよ⁉」

俺はマネージャーの気持ちになり、ついつい頭を抱えてしまった。

「マネージャーさん、今頃真っ青になって探し回ってるんじゃね⁉」

「大丈夫ですよ！　ヒナ、よくやりますから！」

「よくマネージャーを撒いたらダメじゃん！」

凄い、この子ツッコミどころが満載すぎる……っ！

「だってマネージャー、うるさいですし。こう、適当なもので意識を逸らしておいて、その間に逃げるんです。山でイノシシと会ってしまったときと同じやり方ですねっ！」

ヒナちゃんは自慢だったのか、ぐっとガッツポーズをした。クソカワイイ。

「イノシシって……」

黒羽が呆れている。

「ヒナ、実はすっごい田舎の生まれなんで、実家ではよくイノシシ見ましたよ？」

「容姿とのギャップがえぐいな……」

ヒナちゃんは金髪碧眼。フィンランド人とのハーフと聞いていたから、北欧のイメージが強い。勝手な想像だと、コテージとか、ヨーロッパの古城風の家とか、そういうところに住んでいるイメージだった。

「ヒナ、日本以外はお母さんのフィンランドの実家に遊びに行ったことがあるだけですよ？　言葉は両親が教えてくれたので四か国語くらいいけますけど」

「うわこの子、スペック高い」

黒羽、白草、真理愛の三人だって、普通に考えると滅茶苦茶スペックが高い。

でもこの子は異常。エリート中のエリート……芸能界の申し子というか……基準が世界にある感じだ。

「凄い田舎って、どの程度なんですか？」

真理愛もヒナちゃんに興味があるのだろう。

やや冷たい言い方だが、しっかり会話に食いついてきた。

「小・中学校まで山を越えて一時間かかるっていう、周囲に人がいない環境だったんです」

「小・中学校？」

耳慣れない表現に俺は聞き返した。

「小学校だけじゃ人数が少なすぎるので、中学校と合わさっていたんです。九学年で八人しかいませんでした」

「それ、マジで秘境だな……」

「両親は研究者だったらしいんですが、ヒナが生まれたときには都会に嫌気がさして田舎に移住した後で。生まれたころからほぼ自給自足でして、遊び相手は兄姉くらいでした」

あー、トップアイドルのくせに、スキンシップが大好きな天然甘えん坊妖精なの、きっとその辺が原因だな……。

「なのでプロデューサーに見いだされるまでは完全に野生児でした」

見いだされた、か。

この子、話していればわかる。びっくりするほど可愛いだけじゃなくて、天真爛漫な魅力もあり、語学力などを考慮すると、頭も確実にいい。東京を歩いていたとしたら、声がかかりすぎて大変なレベルだろう。

でも実際いたのは秘境と言えるほどの田舎。瞬社長はどうやって見つけ出してきたのか……それが疑問だ。

もしかしたら、俺は瞬社長を『ただの嫌なやつ』と決めつけていたのかもしれない。

実力のない人間がヒナちゃんを見つけてくるのは不可能だろうし、プロデューサーとしてコンビを組み、トップアイドルにすることも不可能だろう。

好悪を抜きにして、瞬社長を見ていく必要があるかもしれない。

真理愛が時計を見た。

「まだ時間はありますね。せっかく雛菊さんが来てくれましたし、部室に移動して稽古しませんか？」

「賛成ですっ！」

即座にヒナちゃんが手を挙げた。あいかわらずリアクションがでかい。

ということで、俺たちは人目につきにくい部室へ移動することにした。

＊

俺たちは中央にあった机を端に寄せ、狭い部室だが、目いっぱいの広さを確保した。

哲彦が指示を出す。

「玲菜、タクシーの手配をしておけ。雛ちゃんを連れて電車で移動は無理だ。タクシーの台数は二台、時間は……一時間後でいいだろう」

「了解っス」

玲菜は軽く敬礼し、部室を出て行った。

「志田ちゃんは女の端役のセリフ、読んでやれ。可知はト書きを。男の端役はオレがやる」

「うん」

「わかったわ」

こうしてヒナちゃんという格好の相手役を得て、ゲネ前の稽古が始まった。

「王子、わたしは幸せです。修道院で眠るあなたの横顔を見つめ、わたしは初めて胸の高鳴りを感じました」

ヒナちゃん――確実にレベルが上がっている。この前指導した『運命感』が出るようになっている。

彼女の幼さは一途さを増幅させ、長く伸びたまつ毛は恋することの切なさを際立たせている。ヒナちゃんがしおらしくするだけで、見ている男たちは王子となって助けたいと思ってしまうだろう。

「――お慕いしていました。ただ、あなただけを」

ちょっと指導しただけでこれか……末恐ろしいな……。

芝居とわかっているのにドキリとしてしまう。

もちろん才能だけでこの成長はありえない。きちんと指導内容に関して悩み、自分なりに噛み砕いて消化し、修練してきた証拠だ。

ただ俺も負けられない。

真理愛が本調子でないなら、俺が取り返す。

その思いで俺は王子を演じた。

――パチパチパチパチパチッ！

部室を拍手が包む。通し稽古が終わり、誰からともなく拍手が起こったのだ。

「先輩、素晴らしかったですっ！」

ヒナちゃんが駆け寄ってきた。

「前のときよりさらにクオリティを上げてくるとは……正直、想像以上の王子っぷりに、心が何度も揺れちゃいましたっ！」

はいはい、俺の理性も君の胸同様、揺れてますよ——という言葉が浮かんだが、自制心を働かせて言わないことにした。

「ちょ、ヒナちゃん、ちょっと近いというか……」

「えー、別にいいじゃないですか？」

「いやいやいや、よくないって！　ヒナちゃんって誰にでもこんな感じなのか？」

「そんなことないですよ？」

「じゃあ何で俺には？」

「ヒナ、自分にないものを持っている人、大好きなんですっ！　勉強になりますし、刺激ももらえるし、楽しいじゃないですか！　先輩は演技がうまいですし、そのくせ芸能界に染まってなくて、学校でも素晴らしい仲間と面白そうな活動をしていて……ヒナが持ってないものをこんなに持っている人、記憶にないレベルです！　それに先輩は、ちょっとヒナのお兄ちゃんに似ているところもありますし！　いわゆるお気に入りですっ！」

そう言ってヒナちゃんが腕に飛びついてきた。

「……何この子？」

黒羽が地獄の門番みたいな目つきでにらんでくる。コワイヨー。

「ぐぐっ……」

白草は何やら葛藤している。とりあえず怖いので触れないでおこう。

ヒナちゃんのこの行動、端から見ると恋愛的に見えるかもしれないが、抱きつかれている俺としてはただじゃれているだけだと理解していた。

だって腕がちょっと痛い。動物がじゃれてきているときと同じというか。俺のことを考えず、ただ触れるのを楽しんでる。

真理愛が飛びついてくるのとは明確に違う。真理愛の場合は互いが心地よい程度を計算していて、時折胸の当たり具合まで調整していたりする。

とは言っても、トップアイドルから抱きつかれて嬉しいに決まっているんだけどね！

「ヒナさん、離れてくれないかな……？」

黒羽が地に響くような声でつぶやいた。

「あ、ごめんなさい。お兄ちゃん以外の男性にこういうことするのって、えっちな感じ？になるのでよくないんでしたね」

ヒナちゃんがサッと離れた。照れている雰囲気はない。

離れたのはいいのだが……今のセリフ……。

俺は興味を惹かれ、小声で聞いてみた。

「あのさ、ちょーっと聞きにくいことなんだけど……」

「はい、何でしょう？　遠慮なく言ってください」

「じゃ、じゃあ聞くけど、もしかして『えっち』って言葉の意味、わかってなくない？」

「んー、ちゅーとかですよね？」

「この子マジでわかってない!?」

俺は頭を抱えた。

人がいない山奥では身近に兄姉しかおらず、学校も少人数。で、都会に出てきたのはアイドルとしてスカウトされたから。

つまりそっち系の教育は受けてないし、テレビや雑誌を見る暇もなく、いろんなことを話せる友達がいなかった……そういうこと？

何やら黒羽と白草が話し合っていたが、結論が出たようで、ヒナちゃんに向けて声をかけた。

「ヒナさん、ちょっと女の子だけで内密の話があるんだけど」

「黒羽さん？　はい、何でしょう？」

ヒナちゃんが無邪気に黒羽に歩み寄る。

するとと両側から黒羽と白草ががっちりと挟んで動きを封じた。

「え……？　ど、どういうことです……？」

「ちょっとこっち――」

左右からヒナちゃんを挟んで持ち上げ、廊下へ出ていく。

そして数分後――

「先輩……失礼しました……」

真っ赤になったヒナちゃんが現れた。

「これからは……男の人との接触は……その……」

そこまででヒナちゃんは言葉を詰まらせた。

元々ハーフで肌が白いので、赤みが目立つ。

共感性羞恥のせいで、こっちまで恥ずかしくなってきた。

「あ、いや、その、こちらこそ……ごちそうさまでした」

「ハル、ごちそうさまってどういう意味？」

「スーちゃん、あんなうぶな子にえちぃこと考えてたってことはないわよね？」

「お腹(なか)が痛いなぁ……ちょっとトイレに……」

俺は言い訳をして廊下へ逃げようとしたところ、黒羽(くろは)と白草(しろくさ)に左右を封じられた。

これ、さっきのヒナちゃんとまったく同じ構図だ。

「あ、皆さん、タクシーが来たっスよーっ！　準備できている人から来て欲しいっス！」

なんという天の助けだ！

「おっと、俺、着替えなきゃな！　部室は女子更衣室として使ってくれていいから！」

そう言って俺は黒羽と白草の拘束から脱出、慌てて荷物をまとめ、部室を飛び出した。

「あ、ハル、逃げるな⁉」

「スーちゃん待って！」

そんなこと言われて待つやつがいるか！

すたこらさっさと言わんばかりに俺は廊下を突っ走り、体育館に戻ってきた。舞台は今日、エンタメ部として借りているし、幕もさっき哲彦が下ろしたから、ここで着替えても何も問題ないだろう。

運動用のジャージを脱いでいると、哲彦がやってきた。

「末晴さ、ちょっと話いいか？」

「何だ？」

「雛ちゃんと見比べて、はっきりした。勝負的に見れば、真理愛ちゃんを病欠にして出演を見合わせたほうがマシだ。あんな演技で出すくらいなら、お前と雛ちゃんの一騎打ちのほうがまだ勝ち目があるぜ」

さすが哲彦、容赦ねぇな。

でも気は使ってるか。少なくとも真理愛の前では言わなかったのだから。

通し稽古の後に誰も真理愛の演技に触れなかったのは、みんな似たような感想を抱いたからだろう。そして賢い真理愛がそのことを感じ取れないはずもなく、呆然とし、みんなの中に入れずにいた。

「……それ、モモに言うなよ？」

「たりめーだ。末晴、理由はわかんねーのか？」

「いつものモモなら簡単に修正できるはずなんだが……」

「絵里さんから何か情報は？」

「何も。俺も演技以外のところでは、おかしいと感じてねぇ。当然登下校のとき、モモの両親は見てねぇぞ」

「いや、これマジでやべぇな。テコ入れしねぇと確実に負けるわ」

哲彦が嘆息した。

「負けても、動画の配信権を取られるだけなんだよな……」

思わずポロッと口からこぼれた。

次の瞬間、腹部に痛みが走った。哲彦がパンチをしてきたのだ。

「おい、末晴。そういう言葉を口にした時点で負けが確定するって、わかってんのか？」

「……わりぃ」

俺は恥じた。

哲彦の言う通りだ。哲彦は『テコ入れしねぇと』と改善して勝つ気があったが、俺のセリフは完全に負けたときの言い訳になっていた。心が負ける準備をし始めて勝てるはずがない。

「いや、待てよ……。そっちが狙いか……？」

「おい、いきなりなんだよ、哲彦」

「前から今回の勝負の条件、緩すぎるって言ってたよな。そりゃ負けたくねぇが、万が一負けたって痛くねぇ」

「それが？」

「でもな、緩い条件に隠れていたが、真理愛ちゃんに限れば今回の勝負ってもしかして負けたらトラウマレベルにならねぇか……？」

「詳しく説明してくれ」

哲彦はパズルを一つずつ解くように語り始めた。

「真理愛ちゃんってさ、叩き上げで上り詰めたタイプだろ？　実力で一つ一つ成果を積み上げてきて、認めさせてきた。だからこそプロ意識が高いし、今みたいに事務所辞めてオレたちと活動していても、将来的には簡単に復帰できるって自信を持ってる」

「まあそうだな」

少なくとも真理愛は有名芸能人の二世じゃないし、大手事務所の強力バックアップもなくここまで来た。

「だとすると、『アイドル』に負けるのはプライドが傷つくよな」

「いやでも、ヒナちゃんはアイドルとしての知名度があるから、最初から負ける可能性だって元々あるじゃねぇか」

「そりゃ知名度に負けたのなら真理愛ちゃんだってプライドは傷つかないと思うぜ。その辺、ちゃんと分析して受け止められるタイプだと思うし。でもさ、今の状態を見てみろよ。勝負を受けたときは思いもよらなかったが、今は――『実力で負けてる』」

「っ……確かに」

勝負を受けたときと状況がだいぶ変わっている。

「しかもさ、この急激な不調。オレはやっぱり真理愛ちゃんの両親が接触してきた可能性があると思ってるんだ。真理愛ちゃんが隠しているだけで」

「それは……」

十分にあり得るだろう。正直、真理愛の調子がここまで悪くなる理由が、他に見当たらない。

「前提が間違ってたんだ。『普通の真理愛ちゃん』なら、万が一負けたって大丈夫だ。でもよ、『クソみたいな両親に足を引っ張られ、精神や体調がボロボロの真理愛ちゃん』なら、負けたときの意味が違ってくる。門外漢のはずのアイドルに負け、積み上げてきたものをぐしゃぐしゃにされ、両親を克服できてなかったことも自覚せずにはいられないだろう。い、い、い、もしオレなら死にたくなるな」

「くそっ、そういうことか……」

瞬社長にとって勝負内容なんてどうでもよかったんだ。勝負の形式にして勝ち負けを意識させたかっただけ。どんな緩い賭けでも、負ければ真理愛は『両親のせいで負けた』と考える。賭け自体は緩くして油断させ、時間が経って初めてダメージの大きさがわかるトロイの木馬的な策だ。

(これは――きつい)

ちょっと真理愛の気持ちを想像しただけでも、心の乱れは察するにあまりある。

殺したいほど嫌悪している相手に、また人生を狂わされた。もう大丈夫だと思ったのに、克服できていなかった。負けた。勝てなかった。

もしそんな風に考えたら、ただでさえトラウマレベルの傷口を、さらに大きく引き裂かれるようなものだ。そのときの挫折感はおそらくすさまじく、演技から逃げたくなるかもしれない。

それが、俺にはわかる。

舞台での苦しみは――カメラの前での母の死は――六年間も俺を演技から遠ざけたから。

「……哲彦、何かいい方法はないのか？」

「オレは真理愛ちゃんを病欠ということにして、降ろすのもありかなって思い始めてる」

「まあそれならヒナちゃんに演技で負けたって事実は残らないしな」

「負けそうになったから逃げた、って自分を責める気もするがな」

「モモなら自分を責めちゃうだろうなぁ……。行くも地獄、退くも地獄、ってか」

「病欠させるかどうかは、共演するお前が決めろ」

「……わかった」

「でも最優先は、真理愛ちゃんから両親が接触してきているかどうかを聞き出すことだ。ぶっちゃけオレはもう完全にクロだと思ってる。これを聞き出してからじゃねぇと、前にも後ろにも進めねぇぞ」

「……了解。任せろ」

俺は制服に着替え、ジャージをカバンに入れた。

「ん……？」

「どうした、末晴？」

「いや……」

一瞬、出入り口のところから物音が聞こえた気がした。

俺は一応出入り口を見に行ったが、誰もいなかった。

＊

ゲネプロとなると、緊張感は今までとは別次元になる。本番を意識せざるを得なくなるためだ。

最終の稽古となるゲネプロでダメなら、プレッシャーが強くなる本番はもっとダメになりやすい。もちろん改善することはあるが、少なくとも、そういう予感がよぎってしまう。

そのためかつて幾度となく舞台を経験している俺でさえ、ゲネプロを前に気合いと緊張で震えを感じていた。

見ているだけの群青同盟のメンツ——哲彦、黒羽、白草、玲菜にも緊張が見える。

哲彦は表情を崩さないが、やや焦っているようにも見えた。黒羽、白草は固唾を呑んで見守っているし、玲菜は真理愛の出るシーンでは胸の前で祈るように両手を合わせていた。

そして——ゲネプロは終わりを告げた。

エンディングの曲が流れ、左右の舞台袖からキャストが一斉に登場する。舞台挨拶だ。

曲の再生や照明のタイミング、幕の作動など、前座や終幕後の舞台挨拶の練習も当然必要だ。なのでこの部分も本番と同じ手筈で進めていた。

だが——スタッフの一部はさすがに緊張の糸が切れたようだった。

具体的に言えば、広告研究会の人だ。

部外者はヒナちゃんの出演を当日まで伏せるため、締め出している。しかし広告研究会は運営スタッフとして上演にかかわっており、観客としてこの場にいた。

彼らは演劇には素人だ。それだけに反応は率直だった。

「あれ、真理愛ちゃん、おかしくね……？」

「ヒナッキーが凄すぎるだけじゃ……」

「いや、マルちゃんはやっぱりうめぇよ」

本人たちはヒソヒソ話のつもりだろう。

でも。

「っっ――」

真理愛が身を震わせた。

ダメだ。やっぱり真理愛も気づいてしまった。気がつかなければまだいいのに……下手に鋭いから可哀そうだった。

……そう、真理愛の演技はゲネプロでもダメだった。もしかしたら、この一週間で一番ひどかったと言えるほど。

プレッシャーをバネにできればよかったが、プレッシャーの分だけ押し潰されてしまった……そんな印象を受ける演技だった。

「お疲れ様でしたー、ゲネプロ終了ですー」

志摩さんの声に、観客席から拍手が鳴り響いた。

緊張が解け、談笑が始まる。

「桃坂さん、お疲れ様でした！」

「あ、はい、どうもお疲れ様です」

俺は真理愛の様子が気になり、話しかけてくる人の相手をしつつ、すぐ傍で観察していた。

「体調、大丈夫ですか？　今日はゆっくり休んでください」

「っ！」

真理愛に声をかけた女性は、これでも気を使ったのだろう。

しかし演技が悪かったと受け取るに十分な言葉だった。

「え、ええ……ご心配をおかけし――」

唇を震わせつつそこまで口にしたところで、真理愛の瞳から一筋、涙がこぼれ落ちた。

周囲がざわつく。

真理愛も慌ててごまかそうとするが、あふれ出した涙は止められない。

「あ、あの……なんだか……たいしたことでは…………すみません」

真理愛が舞台袖に駆けて行き、裏手から出ていく。

「――すいません、ちょっと離れます！」

俺はそれだけ言ってすぐに追った。

（まず何はともあれ財布と携帯がないと遠くへ行けないはずだ。だとすれば、まず行くとするなら――楽屋か？）

予想は当たった。俺が楽屋に着いたとき、真理愛は財布と携帯を片手に持ち、出てくるところだった。

「まり――」

「――放っておいてください！」

体当たりをくらわされた。

予想外な行動で思わず横を抜けられるだけの隙間を空けてしまう。そのまま真理愛は劇場の通路を駆け抜けていく。

「待てよ！」

俺は懸命に追った。真理愛は建物を抜け、外に飛び出した。

大学は緑が多いだけに、夜は周囲に比べて明かりが少ない。

いつもの真理愛なら、頭を使って俺を煙に巻こうとするだろう。しかし今は一直線に大学の外へ――おそらくはタクシーを掴まえられるような場所へ向かっていた。

それなら身体能力に勝る俺にアドバンテージがある。

運動神経がいい真理愛とはいえ、直線の走力は明らかに俺のほうが速い。

だから正門近くで掴まえることができた。

「モモ！」

俺が手を掴み取ると、真理愛は暴れて抵抗した。

「離して！　離して、お兄ちゃん！」

「バカ、離すかよ！」

「放っておいてください！」

「そんなことできねぇよ！」

俺ががっちりと華奢な肩を摑むと、さすがに抵抗しても無駄と思ったのか、真理愛はそっと顔を上げた。

両目は涙で濡れていた。

「もういいんですよ、末晴お兄ちゃん……」

「何言ってんだよ。もういいことなんてどこにもないだろ？」

「だって……こんな演技しかできないわたしなんて、いる必要がないじゃないですか！」

悲痛だ。

演技は真理愛にとって自信の源だったのだろう。それが崩れてしまった今、あれほど強く見えた真理愛が――こんなにも弱い。

「思うように演技ができないときもあるだろうが。そういうこともあるから、役者は大変なんだろ？」

「わかってます！　わかってます……けど！」

真理愛は上目遣いで俺をにらみつけた。

「末晴お兄ちゃん、わたしを病欠で降ろすつもりなんですよね！　わかってますよ！」

「モモ、やっぱりさっきの哲彦との会話、聞いてたのか……」

気配を感じたからもしかしたらと思っていたが……まあいい。

ごまかす意味はないと考え、俺は告げた。

「そうだ。確かにそういう手筈整えてた」

「なら末晴お兄ちゃんも、薄々今回はダメだと思っていたってことですよね!?」

「準備はしておいたほうがいいからな。でもな、俺がお前を降ろそうと思っていたのは、体調が悪くなったときだけだ」

「……っ！」

「哲彦に言われて、俺もいろいろ考えたんだ。中途半端な判断はいけないと思って。で、俺の結論は『体調不良にならない限り、お前を降ろさない』だ」

「………」

「だってさ、途中で自分から降りたら、役者なんてやってらんねぇよな。逃げるくらいなら失敗したほうがいいって、そう思ったんだよ。でもぶっちゃけ、俺は心配してねぇよ。だってお前、最後はちゃんとやるやつだからな」

「――」

静かな夜だ。歩道に沿って広がる木々から虫の声が聞こえるだけ。

真理愛はうつむき、身動き一つしなくなった。俺が掴んだ肩から、腕が力なく垂れ下がって

いる。

ここで逃げたら真理愛は二度と役者ができないかもしれない。それくらいのトラウマが残ってもおかしくない。それほどの屈辱と、後悔と、情けなさが間違いなく身に降りかかる。真理愛ほど聡明で、責任感が強く、プライドが高ければなおさらだ。

だから俺は発破をかけた。そしておそらく真理愛自身気がついているであろう現実を突きつけた。

――ここが人生の勝負所。

そのことを真理愛が思い出し、奮起してくれることを期待しているからだった。

「なぁ、モモ。お前はかたくなに言わないが、お前の両親……お前に接触してきてるんだよな？」

「…………」

「なぜ言いたくないのか、俺にはわからねぇんだよ。でもお前がそのことを話してくれないと、前に進めねぇんだよ。だから――正直に言って欲しい」

真理愛はうつむいたまま、喉から絞り出すように言った。

「末晴お兄……ちゃん……っ！」

「ああ」

「末晴お兄……ちゃん……っ！」

二度、同じ言葉を繰り返す。怒りと苦しみが入り混じり、どうにもならない様が痛いほど伝わってくる。あまりに可哀そうで、胸が張り裂けそうだ。

「あ、あの、わたし――」

そう真理愛が言いかけたときのことだ。


――ブルルルルッ！

真理愛が手に持っていた携帯が震えた。
次の瞬間――

「ヒッ！」


真理愛が怯え、携帯を落とす。

俺は愕然とした。

「モモ……」

ありえない……。

携帯が鳴るだけでこんなにも怯える……？　あの真理愛が……？

何でもできて、いつもニコニコしていて、俺が怒っても目を背けてとぼけるし、問い詰めたって適当なことを言ってまったく動じない——あの真理愛だぞ！

芸能界の修羅場さえ潜り抜けてきた真理愛がこんな風に怯えるなんて、目の前で見なければ現実のこととは思えなかっただろう。

真理愛はじっと落とした携帯を見つめたまま、動かない。動けないのかもしれない。

だから俺が拾った。

「あっ……」

パスワードは知らないが、ロック画面に出たメッセージは読める。

そしてその内容は予想通りのものだった。

送信相手の名前は『クソオヤジ』、メッセージは『また援助頼むわ』——だった。

「モモ……援助って何だ？」

俺が聞くと、真理愛は肩を震わせた。

視線を逸らし、涙を溜め、奥歯を噛みしめた後——はかない笑みを見せた。

「ふふっ……バレてしまいましたか……。いえ、別にたいしたことじゃないんですよ……。ご想像通り、うちの問題ある両親がわたしに接触してきただけです……」

「いつだ……？」

「哲彦さんが、わたしの両親が会いに来るかもと警告した日の前日です」

「そうだったのか……っ！」

クソッ、完全に盲点だった。

以前、俺の過去が週刊誌に暴露されたとき、哲彦の情報は瞬社長の行動より先だった。

そんな実績もあって、哲彦からの警告は間に合っているものと思い込んでいた。たぶん哲彦にもそういう思い込みがあったのだろう。だから怪しいと思いながらも悠長に見守ってしまっていた。

俺がずっと登下校、一緒にいても意味がないはずだ。すでに連絡先が伝わっていたのなら、圧力をかけることも、金を融通することも会わずして簡単にできてしまう。

でも、だとすると、このときも――

『じゃあ狙ってきていると仮定しましょう。でも末晴お兄ちゃん、もうモモは十六歳ですよ？　震えているだけの子供じゃありません。結婚だってできる年齢です。困った両親への対応もまた、子としての役目。末晴お兄ちゃんはモモが両親に負けるような人間だと思いますか？』

あのときも――

『もう、末晴お兄ちゃん。失礼じゃないですか？　わたしにはお兄ちゃんの知らない一面もあるんですよ？』

あのときだって――

『これ、エスキモーキスって言うんです。アラスカでは、外でキスをすると唾液で唇が凍ってしまうことから、こういうキスで愛情や親愛の気持ちを表したそうです。ロマンチックですよね』

真理愛は心の奥底で両親の影に怯えつつ、話していたのだ。

「別にたいしたことじゃないんですよ……」

ここに至っても、真理愛はそんなことを言う。

「ただうちの両親は、援助を求めているだけなんです……。で、最初は断ったんですが、あまりにもしつこくて……。でも安心してください……。この舞台を乗り切るまでの、ただの時間稼ぎです……」

「それで済むはずないだろうが……」

一度金を渡せば最後、相手は味をしめて何度もたかりに来るだろう。

(そんなこと、俺より賢い真理愛なら当然わかっていたはずだ――)

わかっていたけれど、きっと、両親に対するトラウマと、うまく演じられないことへのジレンマに心は少しずつ疲弊し――一時的にでも厄介払いしたかったほど追い詰められてしまったに違いない。

「一日でなくなるような金額ではないんですよ……？　なので……酒か、服か、ギャンブルか……なんなんでしょうね……。わたしには、あの人たちは理解できません……」

「モモ……」

許せない。真理愛の両親がもし目の前にいたら、今すぐ殴り飛ばしたい気持ちだ。

俺は真理愛の左右の二の腕を掴み、ぎゅっと握りしめた。真理愛がどこにも行ってしまわないように。

「俺、気づけなくてごめん……っ！」

「そんな、末晴お兄ちゃん……。どうして謝るんですか……？　末晴お兄ちゃんは悪いことなんて一つもしてません……。わたしが勝手に黙っていただけですよ……？」

「でもさ、お前が俺や絵里さんに言わなかったのって、俺たちのことを想ってだよな……？」

「…………」

「お前のことだからさ、あのふざけた両親を、俺や絵里さんと会わせて苦しめたくなかったんだろ……？　それとさ、あの両親に自分だけの力で勝ちたかったんだよな……？　ここまでくりゃ、バカな俺でもわかるって……！」

真理愛の瞳が、大きく見開いていく。

「末晴、お兄ちゃん……」

目尻から一筋の涙がこぼれ落ちた。

真理愛は口を一文字にすると、俺の胸に飛び込んできた。

「わたし、負けたくない……負けたくないよ、末晴お兄ちゃん……っ！」

真理愛がぎゅっと俺のシャツを握りしめてくる。ぐしゃぐしゃになったシャツが、真理愛の心を表しているかのようで、俺は胸が張り裂けそうだった。

真理愛は俺の胸に顔をうずめたまま、声を殺して泣き始めた。

「っ……っ……」

こんなときくらい大声で泣けばいいのに、声を殺してしまうそのプライドの高さと心遣いが――胸を打つ。

俺は肩を抱きしめ、つぶやいた。

「――わかった。後は全部俺に任せろ」

＊

俺は哲彦に連絡し、群青同盟のメンバーを集めて来てもらった。

そして短く事情を告げた。

『やっぱりモモの両親はモモと接触していた』

『接触が始まったのは、哲彦が警戒するよう言った日の前日だ』

『迷惑をかけたくないから自分だけで解決しようとしていた』

『俺が見る限り、モモは限界に近い。みんな、助けてくれ』

そう言って俺が頭を下げると、皆、力強く頷いた。

「クロ、シロ、レナにお願いなんだが、都合がつくやつはこのままモモの家に行って明日の本番まで一緒にいてやってくれないか？　あと、モモの携帯は泊まれるやつが持っていて、モモの目につかないところに保管しておいてくれ」

「末晴お兄ちゃん、そこまでは……」

俺はもう真理愛に何かを言わせる気はなかった。

「もういい、モモ。俺に任せてくれ。今、自分の考えで動くことの危うさ、お前ならわかるだろ？」

「……わかりました」

よかった、素直に引いたか。こういうところが真理愛のもっとも賢い部分だな。

もしここで意固地になって抵抗するようだったら、本番までに回復する可能性はないと思っていた。

引くにも勇気がいる。いつも引いていたら勝負はできないが、引くべきときは引かなければならない。

このさじ加減って、客観的に見えていたら難しくないが、厳しい状況にあるときは気づけないパターンが多い。

でもいい判断ができる客観性が残っているなら——目はある。

俺は真理愛の携帯を黒羽に渡した。白草は絵里さんに連絡を取り始め、玲菜は気の抜けるような話題を真理愛に振っている。

「哲彦、ヒナちゃんはまだいるか？」

「ん？　楽屋に向かってたところは見たぞ」

「ならまだいるな。よかった、電話番号知らないから、逃したら大変だった」

俺が反転して歩き出すと、哲彦が並んできた。

「おい、お前何をするつもりなんだよ？」

「このままじゃモモは勝負に勝っても救われねぇし、負けたら傷つくだけだ」

「……勝負？」

さすが哲彦、勘がいい。俺の狙いに気がついたようだ。

「まさかお前、今からあの野郎のところに行って、条件を変える交渉をするつもりなのか……？」

俺は笑って言ってやった。

「——ああ、そのまさかだよ」

＊

瞬社長と会えるようヒナちゃんに仲介を頼むと、いともたやすくオッケーが出た。

その話を聞いていた哲彦が『オレも行く』と言い出したので、『俺の邪魔をすんな』という条件でついてくることになった。

ヒナちゃんのために用意されていた送迎車に同乗させてもらい、ハーディプロへ移動。以前ワインをかけてしまった因縁の社長室に三人で入った。

「おかえり、ヒナくん。また一人で行動して……マネージャーが泣いていたよ」

「あははっ、マネージャーさんの警戒が甘いんで、つい」

「まったく……。だがまあ奇行の一つや二つ、トップスターにはあるものだ。控えて欲しいが、やむを得ないな」

「そうですよー、やむを得ないですよー」

ヒナちゃんはニコニコと笑って平然と言う。

瞬社長、うさん臭さこそ変わらないが、やはりヒナちゃんには結構優しい。

相性なのか？　トップアイドルだから気を使っているのか？　どちらなのかはわからない。

だが俺たちにまで優しくするつもりはないようだ。

瞬社長の瞳がギロリと俺と哲彦に向いた。

「それで、客を連れてくるとは言っていたが、この二人とは……。理由を説明してもらえないかな？　ヒナくん」

「じゃあ先輩、後はよろしくお願いします！　ヒナ、先輩の頼みを叶えただけなので！」

ヒナちゃんは道を譲るかのように、横へずれた。

「まったくヒナくんには困ったものだな」

「えー、プロデューサーだって困ったことたくさんするじゃないですかー」

「まあ、それもそうだ。わかった。ヒナくんの頼みだ、話くらいは聞いてやろう。ご苦労だったね、ヒナくん。ボクたちは込み入った話をするから、下がっていいよ」

「わかりました！　失礼します！」

ヒナちゃんは元気よく手を挙げると、ニコニコ笑ったまま社長室を後にした。

ヒナちゃんが消えるなり、瞬社長の目がスッと細くなる。冷徹なビジネスマンとしての顔だ。

まずは礼儀だと思い、俺は頭を下げた。

「時間を取ってもらい、ありがとうございます」

「……そういうのはいいよ。それで話とは？」

「今、俺たちとしている勝負……俺と瞬社長の間だけで条件を上乗せしたいな、と思いまして」

「ほぅ、上乗せ」

獲物に狙いを定めた爬虫類の目だ。蛇が舌なめずりしている姿が頭をよぎった。

「わかっていると思うけどね、ボクは安くないよ。何か条件を求めるなら、その代価は相応の価値があるものじゃないと」

「社長にとって何が価値があるのかわからないので、まず俺の条件を聞いてください。それで、その対価となるものを提示してもらえれば、と。ただ対価は俺ができる範囲のことに限ります」

「……まあいいだろう。言ってみたまえ」

俺は深く息を吸うと、一気に吐き出した。

「モモの両親を黙らせていた恐喝の証拠……今も持ってますよね？」

「ん？　ああ、そういうことか」

瞬社長はすぐに俺の意図を理解したようだ。

真理愛の両親を止める最大の武器は、ハーディプロに眠っている『過去真理愛の両親が恐喝した証拠』だ。

これがあれば真理愛だってもっと強く出られるのだ。真理愛が自分で解決したいと言っても、無視して俺たちが動いて止めることもできる。

瞬社長はあごひげを撫でた。

「マルちゃん、君が求めているものは、なくしているけど頑張って探せばあるんじゃないかな？　と思うよ」

いやらしい言い方だ。これ、絶対すぐ出せるところに保管している。

「じゃあ、あるにはあるんですね？」

「まあ、たぶんね」

「俺が勝ったときにくれるって保証してもらえるなら、あなたの条件もなるべく呑みますが」

「ふぅん」

瞬社長は俺を頭の天辺から足のつま先まで舐めるように眺めた。

「そうだね――ボクが勝ったら、君がこの事務所に入る。それなら受けてもいいよ」

「わかりました」

「ちょ、末晴！」

哲彦が止めてきた。

「勝てるわけねぇだろ！　真理愛ちゃんがあのザマなんだぜ!?」

「俺が勝たせるから関係ねぇよ」

「バカか……っ！　冷静になれよ！」

「俺は冷静だ」

「そのセリフを吐いて冷静だったやつ、見たことねぇよ！　……って、いや、待てよ。真理愛ちゃんが明日棄権すれば、勝負はお前対雛ちゃんか。それなら勝負にはなるから――」

「――桃坂ちゃんが降りる場合は代理の人間が人魚姫となる」

瞬社長が会話に割り込んだ。

「そうなると勝負は、ヒナくん対マルちゃん&その代役になるというわけだ」

「てめっ、それじゃあこっちが圧倒的に不利だろうが！」

「桃坂ちゃんの調子が悪いのはこちらには関係ない。君たちの管理不足だろう？　なのにどうしてわざわざ一対一にルールを変えなければならないんだ？　もし代役が出る場合、こちらとしては対戦相手が変わるのだから、謝罪の一つも欲しいくらいだが？」

「てめぇ……っ！」

哲彦が殴りかかろうとしたので、俺は慌てて押さえ込んだ。

「お前も落ち着けよ、哲彦！」

「うるせぇよ、末晴……っ！」

「ボクは太っ腹だからね、代役を使うなら好きに選んでいいよ。シダちゃんでもいいし、白草ちゃんでもいい。ああ、そもそも二人はセリフを覚えていないだろうから、主催している演劇サークルの人を使うのかな？　もちろんそれでも勝負の約束は守ってもらうことになるけど」

「クソ野郎が……っ！」

「哲彦！　お前、俺の邪魔しねぇって約束だろうが！　お前、瞬社長の前だと切れすぎだぞ……っ！」

「だがな……っ！」

俺は深呼吸をし——頷いた。

「——わかりました、それでいいです」

「おい！」

「いいからこの場は俺に任せろ！」

「……ちっ、勝手にしろ！」

哲彦は奥歯を噛みしめると、舌打ちをして背を向けた。

「あのクズと違って、マルちゃんのほうは多少話がわかるようだ」

「哲彦のこと、けなすのやめてもらえませんか？　こんなのですが、ダチなんで」

「まあいいだろう」

このまま帰ることもできたが、俺は一つ聞いてみることにした。

「瞬社長、どうして俺の事務所入りを条件に挙げたんです？」

「ん？」

俺は瞬社長にワインをかけて以来、ずっと敵視してきた。

しかしもっと深く知らなければ、本当に勝つことはできないんじゃないかと思い始めていた。

「だって俺、社長の言うことを素直に聞く玉じゃないですよ？　この前、ワインをかけちゃってるくらいですし。社長だって、俺の過去をリークするくらいなんで、俺のこと嫌いなんでしょ？」

俺が金になるから事務所に入れたい――そんな理由がメインだと思うが、俺のことを嫌っているだけなら、もっと屈辱的な言い方をこの人ならしそうだ。例えば『事務所に入ってボクに忠誠を誓え』とか。

でもそこまではしてこない。気になる部分だ。

ふむ、と瞬社長はつぶやいた。意外にもその表情はすっきりしたもので、悪意は感じられなかった。

「そういえば前のときはゆっくり話をしていなかったな。ソファーにかけたまえ」

瞬社長がソファーに腰をかける。

俺は促され、向かいに座った。無言で俺の横に哲彦も腰を下ろす。

「まず大前提だが、ボクは日本から世界一のスターを生み出すことを目標としている」

「!?」

うさん臭いホストのようにしか見えないのに、物凄くまっとうな目標に驚いてしまった。

「そのためには最高の才能を持つ人間を、幼少のころから妥協なく鍛えることが必須だと思っている。例えばスポーツの世界ではそれが当たり前だ。野球をしていて、身長が平均より低い人間は、どれほど運動神経が良くても世界一のホームランバッターにはなれないだろう。バスケやバレーだってそうだ。逆に二メートルを超える人間だって、高校生から運動を始めていては、世界を制することは不可能に近いだろう？」

「それは……確かに」

「歌、ダンスなどの芸能も、そのレベルまで高めるべきだ――とボクは思っている。その先駆者としてボクは世界一のスターを生み出し、真のエンターテインメントを日本で作り上げたい」

「…………」

スケールが大きい話だ。

正直この人、利益しか考えないタイプかと思っていた。これだけ聞くと印象はまるで逆だ。

「でもこの前話したときは、俺にお金をちらつかせましたよね？」

「当然だろう？　仕事に応じた金を提示するのは。金以外で誠意を見せろと言うほうが、ボクは間違っていると思うが？　君は『成果は出なかったけれど一生懸命やったからお金をくれ』みたいな戯言（たわごと）を言うのかい？」

「いや、それはさすがに……」

冷たい論理だが、正論だ。

仕事である以上、お金以外で報いるのは話としておかしい。

「君はボクがシダちゃんに言ったことに対して憤慨していたが、ボクは今でも間違っているとは思ってないよ？　シダちゃんは三年で一億稼ぐ可能性がある。そしてそれだけ稼げれば、そこからの人生を自由で充実したものにできるし、両親にも親孝行できる。ボクはそのほうがより良い人生だと思うから、自信を持って提示した」

「クロは幼少のころから鍛えていないので、社長が目指す世界一のスターは無理ってことになりますが？」

「役割が違う。世界一のスターを生み出すためには、多額の投資が必要だ。だから事務所に稼げる者はいくらいてもいい。シダちゃんは今なら確実に利益が出せるコンテンツだ。だから欲しかった。彼女さえよければ、今でも来てくれていいと思っている」

瞬社長は無駄に長い脚を組み替えた。

「一方、ヒナくんは名実ともに世界一を目指せる資質を持っている。まあいわゆる看板だ。ただし言っておくが、ボクはヒナくんと他者に貴賤はないと思っている。あるのは役割の違いと、稼ぐ金の多寡だけだ。大きなことができる人間がより多く稼ぐ。それだけだ」

目標は熱く、過程は冷たい。これが瞬社長のやり方か……。

向上心が強いヒナちゃんとの相性がよく、ドライに見えて結構甘い真理愛との相性がよくないのは、聞いてみると何となくわかるな……。

瞬社長は俺に手の平を向けた。

「それで言うと——マルちゃん、君にはまだ、世界一を目指せる可能性がある」

「俺に……？」

「君がこの六年、遠回りをしたか否かはわからない。役者というものは特殊で、ただ鍛えればよいわけではない。情緒や生活環境で演技力が上がることもあれば下がることもあるからね」

「…………」

「それと君の場合は、芸能の世界に入るのが早かった。劇団に入ったのは五歳くらいからだったかな？」

「ええ、そうですね」

「ボクがヒナくんを見つけたのが十歳のとき。君が六年間を棒に振っていたとしても、修練の時間はヒナくんとそんなに差がない。蓄積が違う。ボクはそう見ている」

「なるほど……」

だから俺を事務所に入れようと考えていたのか。

「あと世界一を目指せるだけの資質があるのは桃坂(ももさか)ちゃんだが……正直、これで潰れるような役者なら、世界なんて無理だ。それならボクはいらないな」

「何だって……？」

俺は眉尻を上げた。

「だってそうだろ？　ボクはこれでも配慮したんだよ？　事務所を辞めてすぐけしかけなかったのは、君たちとの関係が醸成されるのを待っていたからだ」

「醸成……？」

思いもよらない言葉に、俺は動揺した。

「そう。考えてみるといい。桃坂(ももさか)ちゃんは現在、人生の中でもっとも充実している時期と言っていいだろう。仕事とは少し距離を置いているかもしれないが、金と人脈を持ち、その気があればいつでも復帰できる。家には大切な家族が待ってくれている。学校には君たちという仲間がいて、学校や世間を賑(にぎ)わせるほどの活躍をしている。言ってしまえば、今ほどトラウマを克服するチャンスはない」

「――っ！」

俺は怒りに震えつつも、立ち上がるタイミングを逸していた。

恐ろしく自分勝手な論理なのに、一応筋が通っている。

そのことが妙な説得力になり、俺を狼狽(ろうばい)させていた。

「マルちゃん、君は過去をリークされた際、正面からはね返した。だから価値がある。あれで潰れていたなら、ボクは今、君を欲しいと思っていないよ」

「やっぱりあんた、俺の過去をリークしてたんだな……っ！」

「――聞け」

一言で瞬(しゅん)社長は俺を押しとどめた。

「才能というものには、精神面も含まれている。暴挙に及ばない精神、素直に話を聞く精神、飽くなき向上心を持つ精神、苦難を乗り越える精神――どれほど肉体やセンスに恵まれていても、チャンスに弱い選手がプロで活躍できないのと同じだ。精神が弱い者に世界を目指すことはできない。ボクはその弱さを克服するきっかけを与えたにすぎないよ」

「俺もモモも、世界を目指すなんて一言も言ってないだろ！」

俺はいきり立った。

こいつの論理は、一理ある。そのため吸い込まれるように耳を傾けてしまったが——聞けば聞くほど『自分にとって都合がいい』が前提となっている。

そんな都合、俺たちにはまったく関係がない。

「あんたが勝手に世界一のスターを探していて、俺たちに資質があるか確認したかっただけだろうが！」

「そうだが……それが何か？　別に法律は犯していないが」

「法律犯さなきゃいいってもんじゃないだろ！」

「法律はルールであり、守るのは義務だ。それ以外のことは、配慮と常識で動いている。配慮と常識……実にくだらない。嫌悪すら覚える言葉だ。どちらも世界を変えるには邪魔なものだな」

「勝手なことを……っ！」

「先ほども言ったが、もう一度言おう。これでも配慮したんだが？」

「もういい！　やっぱりあんたとは話が合わない！」

これ以上一緒の空気を吸っているのも嫌だった。

「明日の勝負できっちり決着をつけましょう」

「もちろん。マルちゃん、負けても忘れたふりはできないよ？」

「それはこっちのセリフですよ」

俺はそのまま踵を返した。

「おい、クズ社長」

背後から哲彦の声が聞こえた。

「あんたとは別のやり方で、あんたを超えてやるよ。覚えておけ」

「ふんっ、雑魚のくせにほざくな」

瞬社長が鼻で笑う。

哲彦はこめかみに血管を浮き出させたが――どうにかこらえた。

「失礼しました！　このクソ野郎が！」

俺と哲彦は並び立ち、ドアを荒々しく閉めて社長室を後にした。

＊

ハーディプロからの帰り道、俺は哲彦に告げた。

「哲彦、今回の勝負、モモに言うなよ？」

「ん？　なんでだ？」

「これ以上、プレッシャーかけたくねぇじゃん。俺からは『勝てばモモの両親の暴走した証拠がもらえるっていう条件を追加した』ってことだけ言う。そうすると、モモの中で『いい演技をする＝勝負に勝つ＝両親にも勝つ』となって、改善が見込めるかもしれない」

真理愛が頑張りづらいのは、目標のブレも大きな要因だと俺は思っていた。

真理愛は今、両親への対応で疲弊し、演技がうまくできなくて苦しんでいる。

順番から言えば両親を撃退して、演技を改善するのがいいだろう。

でも、もうその時間はない。明日が本番なのだから。

じゃあまず演技を頑張らなきゃいけないが、死ぬ気になって名演技をしても両親の問題は解決しない。それとこれは別の話だから。

あれほど疲弊している状態で二回――『演技の改善』と『両親の撃退』で頑張れというのは無茶だ。

そこで俺は、条件追加により、『演技を頑張れば、両親の問題も解決する』ようにした。これで真理愛は、『明日の演劇でうまくやればすべて解決する』状態になったわけだ。

「ああ、やっぱり目標の統一が狙いか。……まあ望みは薄いが、狙いとしてはわかる。が――さっきも言ったがな、ここは賭けちゃダメな場面だろ」

そこを突っ込まれると、俺は黙るしかなかった。

「代役を立てる場合は勝負にすらならねぇ。唯一ある勝ち目は、真理愛(まりあ)ちゃんの復活だ。でもな、ずっと改善しなかったのに、本番一発勝負で何とかしようってのは、負けるときの発想だってわかってんのか？　ギャンブルで負け続けて、最後の一勝負で大穴に賭ける――それと同じだ」

「でもさ、何もせず明日を迎えたら、モモは確実にしばらく輝きを失う」

「断言はできないだろ？」

「できる」

俺は言い切った。

「何で断言できるんだ？」

「俺にだって似たような経験あるからな」

「あ、なるほどな……」

哲彦(てつひこ)は合点(がてん)がいったようだ。あいかわらず話が早い。

俺は母の死によってトラウマができた。その結果、演技ができなくなった。

真理愛(まりあ)とは事情が違うから単純に比較はできない。でも、家族の問題でトラウマができ、自信のあった演技がダメになった喪失感――そういう意味では近いと思っている。

「俺は六年かかった。仲間がいて、支えてくれる人がいて、それで六年だ。もしモモがこれから六年を失うとしたら、俺よりもさらに損失は大きい」

「……女優って職業は、三十くらいまでが一番華やかだもんな」

「そうなんだよ。これからの六年は重すぎるし、一度失った事実があると、もう過去と同じところには戻れない。新しい自分を生み出すほどの苦難を背負うことになる。そんなの辛すぎるだろ」

追加の条件を考慮しても、勝算がゼロから一パーセントになるくらいしか増えない。

そんなことわかってる。でも、勝算があるかないかの違いは大きい。

俺はこう思っている。

『勝算がほとんど増えないのに、俺が人生を賭ける』——だからこそ、奇跡は起こるかもしれないって。

トラウマに打ち勝つほど発奮させるには、『合理的』な言葉だけでは不可能だ。だから俺はリスクを負って追加の条件を提示した。

「俺は二人分活躍するつもりで最後まで勝ちに行くから——だから、やらせてくれ」

「はぁ〜〜〜」

哲彦はクソでかため息をつくと、頭を掻いた。

「……お前の気持ちはわかった」

「じゃあ——」

「認めるっつーよりな、もう決まっちまったし、議論するのが無意味だと思っただけだ。それならオレはオレでやるべきことをやるだけだ」

「わりぃな」

「別に。手がないわけじゃねぇしな」

こいつの『手がないわけじゃねぇ』は怖い気がしたが、もう任せるしかなかった。

その後は真理愛（まりあ）がどうしてもダメそうな場合の手筈（てはず）を打ち合わせた。

人魚姫のセリフを覚えている人は、演劇サークルにいる。OGの女優が出られなくなった時点で、代役で人魚姫をやることになっていた人だ。

とはいえ、その人も本番当日にいきなりやれと言われても混乱するだろうし、俺やヒナちゃんだって別の人と絡（から）むことになって戸惑いがないわけじゃない。そうなったら群青（ぐんじょう）同盟としては依頼の半分しか達成できないわけで、いろんな人に謝って回らなければならないだろう。

つまり、真理愛（まりあ）が出ない時点で負け確定と言っていい。でも準備はしておかなければならなかった。

「じゃあ、また明日な。寝坊すんじゃねーぞ」

「わかってるって」

哲彦（てつひこ）と別れ、帰途につく。

頭の中を巡るのは、真理愛（まりあ）の泣き顔だった。

『わたし、負けたくない……負けたくないよ、末晴お兄ちゃん……っ！』


思い返すだけではらわたが煮えくり返りそうになる。

やってやる。全力で足りないなら、自分の限界を超えてでも。

胸が締め付けられる。怒りの塊がマグマとなって身体中を駆け巡っているかのようだ。

暴れずにはいられない。でもその感情を理性で抑え、純粋なエネルギーに変換し、演技の力に繋げるんだ。

（モモ――）

俺が必ず救ってやるから――

だから――またお前の笑顔、見せてくれよな。

俺は夜空に輝く星に、独り誓った。

第四章　エスキモーキス

＊

ベッドから起き上がると、視界に違和感があった。

「あっ……」

わたしの横の、不自然な膨らみ。

羽毛布団をまくると、女の子が冬眠している子熊のように丸くなっていた。

思わず笑っていると、彼女も目を覚ました。

「あ、おはよーっス、ももちー」

玲菜さんは目をこすりつつ言った。

「あれ～、志田先輩と可知先輩は～？」

「忘れたんですか？　人が多いと騒がしくて眠れないかもって言って、十時ごろ帰ったじゃないですか。今ごろお二人のどちらかが末晴お兄ちゃんを起こしに行っているはずです」

「あ～、そうだったっスね～」

と言いつつ、玲菜さんは羽毛布団を豊かな胸元に引き寄せ、また巣ごもりを始めた。

時計を見ると、七時少し前だった。

わたしは玲菜さんを起こさないよう自室を後にし、リビングに移動した。

「あ、真理愛。起きたんだ」

「どうしたの、お姉ちゃん？」

珍しいことにお姉ちゃんがキッチンに立って料理をしていた。

朝が弱いお姉ちゃんは、朝食を抜くことも多い。というか、一時間目に授業がない場合は百パーセント食べないし、そもそも起きてこない。

「今日、真理愛本番だし、たまには作ってあげようかなーって思って」

お姉ちゃんはズボラなだけで、料理が下手なわけではない。わたしに料理を教えてくれたのは、お姉ちゃんなのだから。

「シャワー浴びてさっぱりしてきな。出たら玲菜ちゃんを起こしてあげて。そのころにはできていると思うから」

「うん」

バスルームに行きかけ、わたしは振り返った。

材料を見る限り、朝食はフレンチトーストとサラダだ。

父と母に怯えて暮らしていたころ、フレンチトーストがわたしの一番の好物だった。パサパサになったパンが、姉が調理するだけで贅沢なデザートみたいにおいしくなる。それを魔法のことのように思っていた。

お姉ちゃんの心遣いに感謝し、わたしはバスルームに入った。

シャワーの水温をやや高くし、冷えていた身体をゆっくりと温める。肌に降り注ぐお湯の刺激で、頭の回転速度が上がっていくのがわかった。

（わたし、昨日は限界を超えていた……）

今ならわかる。苦しみが思考を抑圧し、視界を狭め、心を侵食し、感情に振り回されていた。

「末晴お兄ちゃんを頼ってよかった……」

昨日、末晴お兄ちゃんは言った。

『もういい、モモ。俺に任せてくれ。今、自分の考えで動くことの危うさ、お前ならわかるだろ？』

ああいう言い方をしてくれて助かった。

もし『俺に任せてくれ』だけだったら、わたしは抵抗してしまったかもしれない。自分だけで何とかしなきゃ、って思いこんでいたからだ。『お前ならわかるだろ？』と言われることで、『いつものわたしなら任せる判断をした』と気づけた。だから素直に頼れた。

……これ、末晴お兄ちゃん、計算でやってた？

結構微妙。お兄ちゃんはずるいくらい天然に正解を引くこともあるし、たまに理解してくれていることに驚くこともある。

どっちもあり得るなぁ……。まあどっちでもいいけど。ラブ。

わたしは手をゆっくりと握ってみた。

……ちょっと重い。体調はあまりよくない。疲労が抜けていないのだ。

頭の回転も昨日よりは随分いいが、好調時に比べれば鈍い。

その証拠に――

「っ！」

ひやり、と背筋に悪寒が走った。

何かがあったわけではない。

――両親の声を思い出しかけたからだ。

精神の深いところに刷り込まれた恐怖がある。懸命に思い出そうとしないようにしても、『思い出さないようにする』こと自体が『忘れられない』に等しい。なのでフッとフラッシュバックする瞬間があって――すくんでしまう。

「これがもし本番で出てしまうと――」

役者として成り立たない。

ストーリーと関係なく、恐怖が顔に出る。素に戻ってしまう。するとその後の演技は取り繕ったものに見えてしまい、すべて台無しとなるだろう。

「降りたほうがいいのかな……」

迷惑をかけるくらいなら、どれほど非難を受けても降りたほうがいいかも——と思ってしまう。

そして自覚している。こんな考えをする時点で、今のわたしはダメなのだ。

普段なら考えもしない。思い通りに演技ができて当たり前だと思っている。他の人のフォローもしなければ、ぐらいの余裕がある。思考の片隅に逃げがある時点でダメと言えた。

「末晴(すえはる)お兄ちゃん……わたし……逃げちゃおうかな……」

そう言ったらどんな反応をするだろうか。

いいよと言うだろうか。ダメだと叱るだろうか。

どっちもありそうだし、どっちの意図もわかる。

でも嫌なのは、叱られるほうだ。

わたしは臆病だ。だから意図があっても叱られたくない。

末晴(すえはる)お兄ちゃんはわたしのことを『完璧主義者』と言ったことがあるが、わたしが完璧を求めるのは臆病なためだ。末晴(すえはる)お兄ちゃんが周りから怒られたりバカにされたりしても平然としているところを見て、わたしは密(ひそ)かにその強さに憧れているくらいだった。

「大学に着く前に決めなきゃ……」

あまりにも長い間シャワーを浴びていたら変に思われるだろう。

そう思ってシャワーを止めた。

着替えてリビングに戻ると、すでにお姉ちゃんの料理は八割ができていた。バニラエッセンスのいい匂いが漂っている。

「と、玲菜さんを起こさないと……」

やることに気がつき、わたしは反転した。

そして寝室のドアを開けると、玲菜さんが通話をしていた。

「……ええ、ももちー、昨日よりは顔色よくなっているっス。ただ今日行けるかどうかは――」

玲菜さんはわたしの顔を見て、素早く腰の後ろに携帯を隠した。

「あ、ももちー！　シャワー浴びてたんスね！」

取り繕った感じのセリフ。

何となく話していたのが誰かわかった。

「電話の相手、哲彦さんじゃないですか？」

「いやっ、あの、えっと……」

様子を見る限り、どうやら正解らしい。

「おい、玲菜！　ちょうどいい！　真理愛ちゃんの携帯、どのくらいメッセージ来ているか言え！」

隠した携帯から、哲彦さんの声が聞こえてきた。

「ちょ、テツ先輩！」

玲菜さんは背を向け、小声で非難する。

「いいから言えって！」

「で、でも……」

「玲菜さん、遠慮なく言ってください。どうせ知ることですから」

わたしがそう言うと、観念したらしい。

慎重に言葉を紡ぎだした。

「……さっきちらっと確認したんスけど……どう言っていいか……。メッセージがひどすぎるし……件数もぞっとするレベルで……こっちの頭がおかしくなりそうっス……」

フッと両親の影が、わたしの脳裏をよぎる。

その瞬間、息が詰まった。

全身の筋肉が硬直する。身体の芯から強烈な寒気が襲い掛かってきて、痙攣したかのような震えに襲われた。

「はぁ……はぁ……」

酸素が薄い。吸っても吸っても呼吸できない感覚がする。

寒くて、恐ろしくて、呼吸が止まってしまわないだろうか。

死が迫っている。そんな気がした。

「ももちーっ！　大丈夫っスか……⁉」

「はぁ……だいじょ……ぶ……」

ダメだ。ごまかそうと思ったが、唇が震えて言葉がまともに出てこない。

「テツ先輩、いったん切るんで、何か他に用があればメールで入れておいて欲しいっス！」

玲菜さんは携帯を切って投げ捨てると、かがんでわたしの手を取った。

「ももちーっ！　ももちーっ！」

意識はあった。しかし心と身体を繋ぐ線がどうにかなってしまったのだろうか。力が入らない。

玲菜さんがお姉ちゃんを呼びに行く。それをわたしはぼーっと聞いていた。

＊

わたしはベッドに寝かせられていた。眠くなかったが、身体が震えたままだった。

「ごめんなさい、玲菜さん……」

「気にする必要ないっスよ。とりあえずもう少しゆっくりするっス。今、お姉さんがスープ作ってくれているから、それを飲むっス」

こんなやり取りを先ほどから何回も繰り返していた。

まだ大学に向かうまで時間があったが、さすがにひと眠りするほどの余裕はない。

ならば無理してでも震えを止めたほうがいいと思った。

「玲菜さん、お姉ちゃんに頼んで、熱いお風呂を用意してもらっていいですか？」

「ももちー、それは絶対によくないっス！」

「でも荒療治しないと……」

「そんなことするくらいなら、あっしが先輩たちにももちーが今日は無理なこと説明するっス。体調が悪いんじゃしょうがないっスよ」

そう言われて、心がホッとしていた。

学校に行きたくないと思った日、熱を計ってみたら本当に熱があった……そのときの気持ちに似ている。

でも――本当にそれでいいのか――という迷いは残っていた。

そのとき、

――ピンポーン！

とチャイムが鳴った。

「あっ……！」

反応したのは玲菜さんだ。わたしの家のチャイムなのに。

慌てて立ち上がり、玄関へ駆け出していく。

すぐにその理由は判明した。

「よっ、真理愛ちゃん。玲菜から状況は聞いてる。あれから倒れたらしいな」

「哲彦さん……」

そうか、玲菜さんが『とりあえずゆっくり』と言っていたのは、哲彦さんの到着を待っていたからなのか。哲彦さんなら何とかしてくれるに違いない、と思っているのだろう。

「で、時間がなくなってきてるから、手短にこっちの状況を説明するぜ。これから話すこと、ぶっちゃけ末晴から口止めされてるんだが、オレは包み隠さず言うべきだと思ってな。その前提条件を考慮したうえで、しかと聞いてくれ」

哲彦さんから言われたことに、わたしは絶句した。

『末晴お兄ちゃんは瞬さんに話をつけに行き、勝負に新たな条件を加えた』

『群青同盟が勝った際は、父と母の恐喝の証拠をもらうことができる』

『群青同盟が負けた際は、末晴お兄ちゃんはハーディプロに入る』

『わたしが役を降りても、代役を立てて勝負は続行』

事の重さに、わたしはめまいを覚えた。

「そ、そんな！　そんなの無理っスよ！　ももちー、限界っス！」

玲菜さんが身を乗り出して止めようとしてくれる。

しかし哲彦さんは無視して続けた。

「真理愛ちゃん、末晴が言ってたぜ。ここで負けたり逃げたりしたら、俺と同じになるかもしれないって」

「っ――」

わたしは息を呑んだ。

「パイセンが……そんなことを……」

玲菜さんは意外そうな顔をし、乗り出した身体を脱力させた。

「末晴がこんな勝算のない戦いを受けたのも、真理愛ちゃんならきっと諦めず、状態を立て直して勝てるって思ってるからだ」

「末晴、お兄ちゃん……」

ここ最近迷惑をかけっぱなしだったというのに、まだわたしを信じてくれているなんて……。

しかも口先だけじゃない。『人生の一部』を賭けてくれたと言っていい。

もし末晴お兄ちゃんがハーディプロに入ったら、人生が確実に変わる。少なくとも忙しくなって高校は中退する羽目になるだろう。そうなったら群青同盟も消滅してしまうに違いない。

それほどの内容だ。

（こんなこと、家族以外の誰がしてくれるだろうか――）

いや、家族だってうちの両親のような人もいる。ここまで信用し、行動してくれる人は、人生で見てもほとんどいないに違いない。

信頼という名の重みが背にのしかかる。それが、ふわふわとしていたわたしの足を地につける。

同時にじわり、と心の奥底が熱くなった。その熱は全身に広がり、冷えた指先を温かくしてくれる。

言葉にならず、瞳から一粒、涙がこぼれた。

「オレはぶっちゃけるとさ、末晴ほど真理愛ちゃんを信じられねぇんだよ」

「テツ先輩！　それ、言う必要あるっスか！」

玲菜さんがかばってくれるが、哲彦さんはまったく容赦をしなかった。

「わかんねぇなら黙ってろ、玲菜」

「テツ先輩！」

「言う必要、ありますよね」

まだ少し唇は震えていた。しかし、はっきりと言えた。

きっと末晴お兄ちゃんがわたしの心を温めてくれたおかげだ。

「『甘え』、出ちゃいますから。組織には一人くらい冷たいことを言う人が必要です」

「でも、あんな言い方しなくても……」

「言葉を選んでいたら意味がないですよ。今の言葉でわたし、ちょうどよかったと思ってます。カチン、ときましたから」

　怒りはカンフル剤みたいなものだ。少しだけど恐怖を吹き飛ばし、気合いが戻ってきた。

「……でも」

　本当に立ち直れるのか、まだ不安はあった。

　その迷いを哲彦さんは見逃さなかった。

「『でも』だって……？　真理愛ちゃんさ、もう無理かなって思ってきてるだろ？　ま、オレもなんだけどさ。で、末晴がやったことも自業自得。こいつバカやっちゃったなーって思ってるわけ。でもさ、一個だけ納得いかねーことがあってさ」

　哲彦さんは歯を食いしばり、拳を握りしめた。

「このままいったら、ダチがあのクソ野郎の奴隷になるんだよなぁ！　オレぁよ、それだけはちょっと認められねーんだわ！」

　哲彦さんは目を血走らせると、わたしの胸元を絞り上げた。

「テツ先輩⁉」

　無理やり上半身だけ起こされる。動きやすい服に着替えていたが、胸元を締め付けられたせいで息が詰まった。

「いいからやれよ……。両親への恨みでも、オレへの怒りでも、何でもいいぜ……。勝ちゃあいいんだよ、勝ちゃあ……。今がてめぇの人生の分岐点だ……。ベッドで寝て、ひ弱な振りしてんじゃねーぞ……」

「何やってんスか！」

玲菜さんが哲彦さんに体当たりをした。

二人はもつれ合うが、カーペットの上だからたいしたダメージは無さそうだ。

「重てぇんだよ、玲菜！　ぶっ飛ばすぞ！」

「落ち着くっス、テツ先輩！」

「こっちは落ち着いてんだよ！　現実わかってないバカを叱って何がわりぃんだ！　少なくとも末晴の気持ち、無駄にすんじゃねーぞ！　逃げようとしたらオレが縄に繋いで劇場に連れてくからな！」

男の人にこれほど真正面から罵倒されたことがないわたしは、驚いてしまった。

ただ、恐怖はなかった。

哲彦さんが言っていることはまっとうだと思ったし、末晴お兄ちゃんへの友情を強く感じたから。

たぶん哲彦さんは、自分が演技をできるならやりたい、くらいに思っているだろう。それは血が出そうなほど固く握った拳から感じられた。

わたしは——腹立たしかった。

末晴お兄ちゃんへの想いで、友情にさえ負けそうになっていた、自分自身が。

末晴お兄ちゃんがこれほどおぜん立てをしてくれたのに、奮い立つことができなかった、自分自身が。

玲菜さんがいくら優しいとはいえ、それに甘えそうになっていた、自分自身が。

そうだ、自分自身への怒りでいい。今、この身体を動かす原動力など、何でもいいのだ。

ただ一つだけ言える。

今は動かなきゃいけない。それは他でもない、大好きな末晴お兄ちゃんのために。

「玲菜さん、お願いがあるんですけど」

「……何っスか？」

「気合いの入る栄養ドリンクをたっぷりと買ってきてくれませんか？　わたしは地獄のように熱いお風呂に入って、目を覚ましたいと思います。まだそれくらいの時間はありますよね？　哲彦さん」

わたしの目を見て、哲彦さんが目を見開く。そしてすぐさま腕時計に視線を落とすと、ニヤリと笑った。

「——ギリギリだな、急げよ」

＊

哲彦さんが言う通り、かなりギリギリでわたしたちのタクシーは大学に到着した。

すでに学園祭は始まっており、正門前は物凄い賑わいを見せている。

わたしは哲彦さんや玲菜さん、そしてお姉ちゃんに守られつつ、劇場まで走り抜けた。

「遅くなり、すみませんでした！」

劇場にはすでに末晴お兄ちゃん、黒羽さん、白草さん、スタッフの皆さん——全員揃っていた。

もちろん瞬さんと雛菊さんも。

「やぁやぁ、桃坂ちゃん。間に合ったんだね？　てっきりボクは君が尻尾を巻いて逃げたんじゃないかと思って、代役の準備をするよう話していたところなんだ。来てくれてよかったよ」

瞬さんはあいかわらずの語り口であおってくる。かつて同じ事務所で働いていたのに遠慮はない。

この人は敵と味方の区別を明確につけている。過去、一緒に働いたからとかは関係ない。今のわたしは敵だから、あおるし攻撃もする。このドライな一貫性は、瞬さんのスタンスと言うべきもので、味方のときは悪くない。瞬さんが先陣を切って敵を攻撃してくれるし、ヘイトを一身に浴びてくれるから。

まあ個人的にはこのあおるところが品がなくて、前から好きになれなかった。それがハーディプロを辞めて末晴お兄ちゃんと歩もうと思った一因だったりする。

しかし敵となった今、ウザさは倍増どころではなかった。

「瞬さんこそ負けたときの準備、してきました？　わたしの両親に関するもの……なくしたと言っていましたが、ちゃんと見つけておいてくれたんですよね？」

瞬さんはこめかみをひくつかせた。

「ああ、それは悪かった。万が一にも負けると思ってなかったから、まだ探してないんだ。無意味な行動はしない主義でね」

「じゃあ今すぐにでも探しに行ってもらいたいもんですね、瞬社長」

舞台から末晴お兄ちゃんが降りてきた。

「……君たちの出来が楽しみだな」

それだけ言って瞬さんは壁際に移動した。広告研究会の人に舞台の上映場所やスケジュールを確認しているようだ。

「大丈夫か、モモ」

末晴お兄ちゃんが話しかけてくる。すでに王子の衣装をまとっており、わたしには本当の王子様のように感じられた。

「末晴お兄ちゃん……ごめんなさい。わたしのために、無茶な条件を――」

「っ⁉」

末晴お兄ちゃんの顔色が変わった。

「哲彦がしゃべったのか⁉」

「それはいいんです。聞けてよかったと思ってます」

「でも、お前に余計なプレッシャーを――」

「――末晴お兄ちゃん」

わたしは心の中にある想いをゆっくりと口に出した。

「わたし、今回の舞台はずっと、負けたくないと思ってやってきました。瞬さんにも、両親にも、どちらにも絶対負けたくないって。でもそれはやめにしました」

「え？　やめるのか？」

「ええ。もっともっと大事なことがあると気がつきましたから」

末晴お兄ちゃんは、わたしを救うために人生を賭けてくれた。

負ければ末晴お兄ちゃんはハーディプロに入り、おそらく群青同盟は消滅。

哲彦さんがわたしに切れたのも当然だ。末晴お兄ちゃんがつけた条件には、それだけのリスクがある。

——でも、それがたまらなく嬉しい。

末晴お兄ちゃんはわたしのことを大事に思ってくれているからこそ、リスクを負ってでも手を差し伸べてくれたのだ。

みんなが心配し、様々な危機に瀕しているのに、こんな風に思うのはいけないことかもしれない。それはわかっているけれど、やはり嬉しくてしょうがないのだ。

わたしは末晴お兄ちゃんの優しさに応えたいと思った。

それがわたしの気がついた、勝つより大事なことだ。

「末晴お兄ちゃん……もしこの勝負に負けたら……わたしもハーディプロに入ります」

「モモ⁉」

「入れてもらえるかわからないけど、どんな条件でも入ります。それで末晴お兄ちゃんのサポートに全力を尽くします。末晴お兄ちゃんがハーディプロに入るのは、わたしのせいだから」

「モモ、勝負にそんな条件は入ってないんだから、そんなことまでしなくたって……」

「万が一、の話です。もちろんわたしは負けるつもりはまったくありません」

末晴お兄ちゃんは押し黙った。わたしに負けるつもりはないと言い切られて口が挟めなくなってしまったようだ。

「勝とうと負けようと、わたしは末晴お兄ちゃんとともに。そしてこの舞台は、末晴お兄ちゃん……あなたに捧げます」

「モモ……」

「ああ——今、わかりました。これが『利他的』な気持ちなんですね」

わたしは楽屋に移動して衣装に着替えつつ、考えていた。

今ならわかる。なぜわたしが人魚姫をうまく演じることができなかったのか。

わたしは両親に負けたくない、瞬さんに負けたくない、その気持ちでやっていた。もちろん人魚姫の気持ちに合わせていたつもりだけど、根底にあるその気持ちを隠しきれなかった。そのせいで人魚姫の良さを損なわせていた。

でも、今は違うってわかる。人魚姫の献身が、今ならわかる。

わたしの勝ち負けなんてもうどうでもいい。

恐怖にすくみ、自縄自縛に陥ったわたしなんて後回しだ。人生を賭けてまで優しさを向けてくれた末晴お兄ちゃんに報いたい。尽くしたい。

そう、それこそが人魚姫の気持ちであり、末晴お兄ちゃんが言っていた『利他的』な気持ちだ。

「真理愛先輩、ようやく本気のあなたが見られるようですね。すっごく楽しみです」

雛菊さんが声をかけてくる。

衣装に着替えた彼女はさらに輝きを増し、自信に満ち溢れたその姿は本物のお姫様を超えているのではないかと思うほどまぶしい。

でも——わたしにはもう関係がない。

「わたしはただ、末晴お兄ちゃんのために一生懸命やるだけですよ」

それだけ答えて、わたしは楽屋を出た。

＊

玲菜は用意された最前列の関係者席で祈っていた。

「ももちー、大丈夫っスよ……。あんなパイセンっスけど、舞台の上でだけはやってくれる人っスから……。テツ先輩も何か企んでるっぽいし……。落ち着いて、いつもの通りやれば大丈夫っス……」

それは誰かに向けた言葉ではなかった。小声で、自分を落ち着かせるための言葉だった。

「ありがとね、真理愛のために、そんなに一生懸命祈ってくれて」

玲菜の肩を、そっと絵里が撫でた。

「あなたみたいな子がいるなんて、真理愛は果報者よ」

「当たり前っスよ。あっし、友達なんで」

絵里は瞬きをすると、ゆっくりと表情をほころばせた。

「やっぱ真理愛、賢いね。事務所辞めて学校行くって聞いたとき心配したけど、大事なもんちゃんと見つけてきてるじゃん」

「あれだけ要領のいいももちーでも、身内から見ると心配なんスねぇ……」

絵里はあごに人差し指を当てて、天井を仰いだ。

「んー、確かに真理愛って要領いいけど、不器用で固執することも多くて。今回の一件もそう。自分だけで解決しようとしすぎたから、こんなに追い詰められちゃった」

「……まあ、そっスね」

「だからあなたみたいな友達がいるとホッとするってのが正直なところ。これからも真理愛の友達でいてあげて」

絵里が微笑みかけると、玲菜はドンっと自らの豊満な胸を叩いた。

「むしろこっちからお願いしますって感じっスよ」

＊

黒羽はあえて最前列に用意された関係者席に座らず、劇場後方で客の入りを眺めていた。

先ほどの哲彦からの依頼を思い出す。

『志田ちゃんと可知は外を見回ってくれねぇか？　できれば別会場とメインステージの中継の

様子を見てきて欲しいんだ。で、随時状況を教えてくれ』

『オレが知りたいのは見ている人の反応だ。勝敗の予測をしてぇんだよ。中盤で見切りつけるから、オレがもういいと言ったら後は自由にしてくれ』

『言っておくが、これ、ヤバいときの最終手段にかかわる行動だ。末晴をむざむざクソ社長に渡したくないなら、ちゃんとやってくれよ』

黒羽はため息をついた。

「哲彦くんの依頼の意味、あなたならわかる？」

横に並ぶ白草は腕を組み、視線を舞台に向けている。

「わかるはずないじゃない。あんな男の思考」

「あ、まだ哲彦くん苦手なんだ」

「まだじゃなくて、今後も、よ」

「あっそ」

「また何か企んでいそうだけど……スーちゃんを助けるためなら、やらざるを得ないのよね」

「ホントそれ」

「まあそれはいいとして、それより――」

白草は横目で黒羽を流し見た。

「あなた、本当におとなしいのね」

「本当にって……嘘だと思っていたの？」

「そうね、可能性は半々くらいって思ってたわ。それよりそろそろ話してくれない？」

「何を？」

「スーちゃんを桃坂さんの登下校につけた理由。あれ、まだ私、納得してないんだけど」

黒羽は舞台を見据え、さらっと答えた。

「――もしモモさんを見捨てるような人なら、あたしは好きになってない」

白草は口を開きかけ――言葉を喉で押しとどめた。

「モモさんに危機が迫っているのは間違いなかった。しかも事情がひどいというか……あんな事情なら、ハルじゃなくても助けたくなるに決まってる」

「……そうね」

「身近な人が困っていたら、全力で助けようとするのがハルのいいところ。だから止めたって無駄。むしろ止めたら自分の心の狭さを証明するだけだった」

「……なるほど」

「もちろん全力で助けようとするのがあたしだけだといいなと思うこともあるけれど、あたしはこれ、ハルの長所だと思ってる。なら邪魔をするんじゃなくて、応援しなきゃ。ライバルが

有利になるとしても、受け入れる。それがあたしの矜持」

黒羽は顔を前方に向けたまま、視線だけ白草に向けた。

「可知さんは結局あたしと同様、邪魔しなかったよね。それは何で？」

「ただ単純に、相手の苦境に付け入って漁夫の利を得るのが、どうにも気持ち悪かっただけよ」

「そうね。あたしもハルほどじゃないかもしれないけど、今回の一件はさすがにモモさんが可哀そうだと思ってるの。これでもね」

「ええ、スーちゃんのことは抜きにして、助けなきゃいけないわね。仲間として」

「もちろん」

「おい、そろそろ別会場、見に行ってくれないか？」

哲彦がやってきて、そう声をかける。

黒羽と白草は頷き合い、劇場を後にした。

＊

「……ま、だいたい予想通りの動きかな」

哲彦は黒羽と白草を見送り、ぼそっとつぶやいた。

「その辺り、もう少し詳しく聞きたいな」

哲彦は背後から肩を叩かれた。

嫌な予感はしたが、さすがにダッシュで逃げるわけにもいかない。

振り向くと、やはり『いつもの男』がいた。

「阿部先輩、ほんっっっっっっっっっと暇っすね」

「いやぁ、この一大イベント、どこに注目して見るかだいぶ迷ったんだけど、君の近くが一番いろんなものが見えるかなって思って、実はさっきから少し距離を取りつつ会話を聞いてたんだ」

「え、マジでストーカーじゃないっすか。本気でドン引きなんすけど」

「訴えるなら証拠を用意してね。証拠なしでは門前払いになるよ」

「本気で忙しいんで、放っておいて欲しいんですけど」

「……まあ、さすがに今はそうだよね。でも一つだけ。丸くんと桃坂さんが負けそうになったら、何をするつもりなんだい？」

「さてね」

短く告げて、哲彦はもたれかかった壁から腰を離した。

「じゃ、オレは楽屋のモニターで見るんで。先輩はせっかくなんで生で見たほうがいいんじゃないっすか？　末晴のファンなんでしょ？」

「それはそうなんだけどね」

「オレなんかに付いてるより、ここで見ていたほうがおいしいっすよ。もしオレが非常手段を使うことになった場合、メインはこの劇場なんで」

「おい、甲斐（かい）くん――」

劇場内にブザーが鳴り響く。開演の合図だ。

哲彦（てつひこ）がドアから出ていく姿を見届けると、阿部（あべ）は肩をすくめ、確保しておいた席に腰を下ろした。

＊

ブザー音を俺は舞台裏で聞いていた。

ナレーションが流れる。

「本日は演劇サークル茶船（させん）二十周年記念公演――〝人魚姫〟にご来場いただきありがとうございます。開演に先立ちまして、ご来場のお客様にお願いいたします。携帯電話、時計のアラームなど音の出るものは演出の妨げになりますので、あらかじめ電源をお切りください。劇場内、飲食喫煙はご遠慮ください」

この辺はどの演劇でもまず行われる前説だ。

しかしここからが少し違っていた。

「今回の公演はゲストによる演技勝負が行われます。勝負は群青同盟ゲスト、丸末晴さん・桃坂真理愛さんペアと、ハーディプロゲスト、虹内・キルスティ・雛菊さんとの二対一の変則的なものとなっております。投票券は正門でプログラムとともに配布しておりますが、もしお手元にない方がいらっしゃいましたらお帰りの際スタッフへお声をかけてください。また一人一票とするため、投票券にはお名前をいただいています。お名前がない場合は有効になりませんので、必ずご記入ください」

この内容は投票券にも書かれている。それでも不正はゼロにすることが難しいだろうが、これ以上はみんなの良心に任せるしかないのが正直なところのようだ。

「それでは大変長らくお待たせしました。演劇サークル茶船二十周年記念公演――〝人魚姫〟、開演です」

再びブザーが鳴り響いた。

明かりが少しずつ落ちていく。

本番が始まる前の、一瞬の暗闇。漂う期待と緊張感。

慣れてくるとこれがたまらない。

この一瞬を味わうため、また舞台に立ちたいと思うほどに。

そうだ、これが舞台。懐かしの戦場。

さぁ、演劇の始まりだ。

一気に舞台が照明で明るくなる。

俺は瞳を開け、舞台に飛び出した。

＊

学園祭のメインスクリーンでは、人魚姫の生映像が映し出されていた。

現役ナンバーワンアイドル、虹内（にじうち）・キルスティ・雛菊（ひなぎく）が出るということで注目度がすさまじく、無理やり三十分スケジュールを調整して空けたのだ。

「マルちゃん、王子もできるのか」

「でもほら、チャイルド・キングって、子供なのに王様を目指すやつだったじゃん？」

「あー、それ考えると、王子のほうが近いくらいか」

「俺、マルちゃん見るの何年ぶりだろ。こんなにでかくなってたのか」

さすがにメインスクリーンでは、劇場のように静かな観賞とはいかない。

しかしその分だけ、視聴者の感情がダイレクトに摑（つか）める。

『お前たちは僕ほど裕福な生活は望めぬかもしれないが、国を背負う責務はなく、従者をまっとうすれば生活に困らない。そればかりかお前たちは、愛（いと）しい人を探し結ばれることができる。

どちらが幸福なのだろうな。多少羨ましいと思うことくらい許して欲しいものだよ』

　等身大の王子に共感したのか、観客の雑談は盛り上がっていた。

「そりゃなー、いくら王子でもなー、知らんやつと結婚するのはなー。これ、タイプじゃなかったらどうすんの？」

「裏でハーレム作ればいいんじゃね？」

「それありか？　ハーレムって元々イスラム圏の一夫多妻制が土壌だろ？」

「まあ中世ヨーロッパの王様がハーレム作ってるって、あんま聞いたことないな。愛人ぐらいはいそうだけど」

「あとさ、贅沢できそうなのはいいけど、国を背負わなきゃならないってあんまりうまみないよなー」

「それ。責任持ちたくねー」

　黒羽はそんな光景を眺めながら、メッセージを打った。

『出足は好調。ハルの王子はメインスクリーンで十分に受け入れられている』

　送信――と、そのとき。

「あれ、群青同盟の志田ちゃんじゃ……」

　目立たぬよう後方からこっそり観察していたが、やはり知名度は相当に上がっているらしい。

　黒羽は帽子をより深くかぶると、サングラスの位置を中指で直し、その場を去った。

＊

「おおぉお、真理愛ちゃん！」

「可愛い……」

「やっぱり理想の妹だ……」

サブ会場――講義室のスクリーンに映像を流しているだけ――では、人魚姫・真理愛の登場にドッと沸いた。

この盛り上がりはやはり末晴のときとは比べ物にならない。可愛い女の子の登場は、映画だって何だって、大きな盛り上がりポイントだ。

『ダメ……。あの方は、陸の国の王子……。わたしとは住む場所が違う……。でも――』

真理愛の恋する瞳に見ている者は心を奪われ、ため息があちこちから出ていた。

「綺麗……」

女性からもこんな声が出ている。

明らかに昨日までと違う――そう白草には見えた。

(昨日までは挑むような、言うなれば男性的な強さや硬さがあった。でも今日は、たおやかで、純粋で――)

自分も初恋をしたとき、こんな目をしていたのだろうか……と思うほど、せつない。

白草は無意識のうちに真理愛の演技に吸い寄せられていった。

＊

『あれ……？　どなたか、いるのですか……？』

ついに――虹内・キルスティ・雛菊の登場だ。

楽屋のモニターで見ていた哲彦は、劇場に衝撃が広がったのを感じた。

（この子、舞台だとさらに映えるのか……！）

ただでさえ目を引く容姿、プロポーション、空気。そのすべてが常人には及ばぬ領域だ。

そこからさらに着飾って、照明を当て、美しい所作をする。

ここまでするると、現実離れした輝きを放つようになる――

（そっか、この子普段、いれば誰もが振り向くほど可愛いのに、天真爛漫でまったく媚びるところがなかったもんな……）

『異常なくらい可愛い自然児』――それが哲彦の印象だった。

だが舞台では演技が加わり、より洗練され、美しさに磨きがかかっている。

天性と技術の融合。まさに理想の具現化だ。

（これがハーディ・瞬が思い描く、世界を取る可能性のあるスターか――）

確かにまだ技術は成長途上かもしれない。

末晴、真理愛の両名と比較すると、それは見て取れる。

しかし――演技の見劣りを吹き飛ばすほどの圧倒的な空気感を彼女は持っていた。

『いけない……っ！　息が弱い……っ！』

彼女の何気ない動きを男たちは夢見心地で眺めている。

（そりゃ男どもは演技なんかより、この圧倒的なビジュアルに目がいっちゃうよな）

哲彦は真理愛の演技でこちらに来ていた流れが、完全に持っていかれたと感じた。

＊

演出上、人魚姫の心の声は、スポットライトによって表現されている。

『（王子の命を助けたのはわたしなのに……。どうしてこんなことに……）』

愛する王子に好きな人がいて、それが勘違いによってであることに気がつき、悲嘆にくれる人魚姫。

その気持ちが今、真理愛にはよく理解できていた。

（わたしのことをみんな器用と思っているが、こと恋愛に関してわたしはまったくダメだ）

真理愛は演じつつ、人魚姫と心がシンクロしていった。

（だって考えてみて欲しい、わたしは完全に出遅れた）

『末晴お兄ちゃんの初恋』は白草さんに奪われた。

『末晴お兄ちゃんをトラウマから立ち直らせる』は黒羽さんに奪われた。

それらが終わってから、わたしは再会した。完全に出遅れだ。

――だからわたしは、末晴お兄ちゃんから恋愛対象として見られていない。

『お兄ちゃんは凄いんです！　お兄ちゃんはヒーローなんです！　演技ができなくなるなんてありえません！　だってお兄ちゃんは、モモが駆け上がるまで待っていてくれるんでしょう⁉』

わたしは末晴お兄ちゃんをなじってしまった。嫌われるのが怖くて、我が身可愛さから逃げていってしまった。

忙しかったなんて言い訳だ。末晴お兄ちゃんは地球の裏側に引っ越したわけじゃない。会おうと思えばいくらでも会えた。

光の届かない沼から救い上げられ、運命の人だと思ったのに――わたしは本当に意気地なしで恩知らずだ。

もし今、過去に戻れるなら、わたしはすぐに謝りに行く。そして末晴お兄ちゃんが立ち直れるよう、近くにいてサポートする。辛い思いをしていればそっと支える。恋愛対象となるためにちょっとずつアピールする。そうすれば『末晴お兄ちゃんの初恋』も『末晴お兄ちゃんをトラウマから立ち直らせる』もわたしが手にすることは可能だったのだ。

今、黒羽さんや白草さんは恋愛感情を持たれているのに、わたしは持たれていない――この状況は自業自得だ。

わかっている。わかっているけど、辛いものは辛い。

やむを得ない。タイミングが悪かった。運がなかった。

そうかもしれないが、現実は現実だ。

（人魚姫にもそれが言える）

人魚姫は従者の一人から教えられる。

『王子様には幼いときに亡くした妹君がいて、その妹君とあなたはそっくりなのよ』

また王子からこんな話を聞く。

『隣国の姫との縁談が持ち上がっているんだ。僕は修道院のあの少女を愛しているのに。でも彼女は修道院の人だから、結婚なんてできないんだろうな……』

人魚姫は密かにさめざめと泣いた。

（こんな想いをするなら、種族が違おうと、尻尾があろうと、王子を助けた時点で傍にいれば

よかったのだ）

そう真理愛は思ってしまう。

（驚かれるかもしれない。怖がられるかもしれない。嫌われるかもしれない）

それでもちゃんと説明し、『あなたに惹かれたため助けた』と言うべきだった。

——我が身可愛さから逃げることをしなければ、

愛する人が別の人に惹かれる姿を見なくて済んだ。

わたしも、人魚姫も、おんなじだ。

悲しくて悲しくて、涙が止まらない。

でも——それでも愛しい感情は、胸の奥から湧き出てくるのだ。

真の友情は、見返りを求めないって言葉がある。

ならば愛情は？

真の愛情もまた、見返りを求めないのではないだろうか。

（たとえ報われないとしても——）

尽くしたい。

あなたの喜びの一部でありたい。

あなたの幸せを願っています。

わたしは悲しい運命に身を滅ぼされようと、あなたを愛しています――

＊

俺は王子役として真理愛と絡みながら、会場を呑み込むような空気に圧倒されつつあった。

（モモの演技、今までと質が違う――）

今まで真理愛の演技は、基本的に周囲に合わせたものだった。

監督の狙いや脚本に込められたメッセージを正確に読み取り、そのときそのときの役者たちとのバランスを取りつつ演じる。それは代えがたい能力だ。

でも今、真理愛はバランスを取ろうとしていない。

人魚姫の悲しみが波紋のように広がり、劇場を覆っている。真理愛の悲しみに共感し、すすり泣きが聞こえる。

自らの発する感情を叩きつけ、ねじ伏せるかのような演技だ。

このまま放置すれば、見ている者に人魚姫の悲しみしか印象を残さなくなってしまう。

一人で走らせてはダメだ。

（ついていく――いや、モモとの相乗効果でより高める――っ！）

感覚を研ぎ澄ませ。ギアを上げろ。劇場全体の空気を皮膚で感じるんだ。

もうスイッチが入ってる？　ならばもう一つスイッチを用意しろ。俺はまだ演技の深淵（しんえん）の触りにいるだけだ。

昔は俺自身が最高の演技をすればいいと思っていた。

でも六年間、俺は外からいろんな作品を見てきた。何より身近な人の支えで今の自分があることを実感した。

そのおかげで理解した。

俺自身の最高の演技は、作品としての最高の演技になるわけじゃない。作品としての最高の演技は、もっと別のところにある。

目立ちつつ周囲を引き上げて調和しろ。

矛盾しているようでこれは成立する。

今のメンバーなら——できるはずだ。

そうして俺は、新たな段階に足を踏み入れた。

＊

（この二人……っ！）

もっとも間近で末晴と真理愛の演技を見ている雛菊は、内心動揺を隠せなかった。

暴走とも思える真理愛の演技、それを受けて変貌していく末晴――どちらも今までに経験がない展開だった。

個々でも素晴らしいのに、セリフのやり取りで感情が反射し合い、互いに高め合っている。

二人で作り出した空気が、劇場を呑み込み、魅了している。

『王子……あの子は誰ですか？』

しまった、呑まれて声がこわばった――

雛菊はミスに気づいたが、舞台は一度きり。取り戻せない。

だがその動揺を表情に出すことはさらなるミスとなる。

雛菊はすぐに冷静さを取り戻したが、人魚姫を見つめる目が我ながら硬かった。

『心配をかけてしまったようだね。大丈夫だよ』

『――⁉』

王子が肩に手をかけ、優しく姫を労る。

ただそれだけのシーンだったが、雛菊は戦慄を覚えた。

（とっさのアドリブで、フォローされた――）

ストーリーに絡めて励ましてくれたのだ。動揺で表情が硬くなったのを見て、その表情が間違っていないようにストーリー自体を修正してしまった。

『僕の妹のような子だ。次に会うとき、紹介したいな』

次のセリフはシナリオ通り。……完全に救われてしまった。

（——凄い）

職人芸のような演技だ。完全に状況を把握している。

『でも今は、君に再会できた運命に感謝をしたい。よければ父のところへ一緒に来てくれるだろうか？』

役者の視線には意味がある。舞台では視線で情景を見せる。

でも今の視線の交錯には、それとは別の意味があった。

（もっといける？）

そう末晴が聞いてきたことを、雛菊は正確に受け取った。

（そんな風に言われたら、いけないなんて言うはずないじゃないですか——）

瞬時に視線で答える。

演劇の経験では圧倒的に負けているが、舞台の経験なら負けていないつもりだった。

アイドルとして数えきれないほど舞台に立っている。だから本番での即興では上回れる自負があった。

（なのに助けられて、導かれて、このまま引っ張られているだけなんてありえない——）

雛菊はそう念じ、最高の笑みで応じた。

『……はい。あなたについていきます。もっと一緒にいたいから』

＊

王子と姫は婚約し、二人の結婚式の準備が進められていた。

人魚姫は絶望し、引きこもるようになる。

悲嘆に暮れる人魚姫の前に姉が現れ、海の魔女に貰った短剣を差し出した。

『王子の流した返り血を浴びることで人魚の姿に戻れる』

そう海の魔女が言ったという。

『（王子を殺せば……人魚に……）』

『あなたの恋は間違っていたの。王子を殺して一緒に海へ帰りましょう。王子はあなたを選ばなかった。あなたの運命の人じゃなかったの。なら殺してもいいでしょう？　本当の運命の人は、これから現れるわ』

恋に破れた人魚姫は、傷心の中で姉からささやかれ、心が動いてしまう。

そして――結婚式の前日。

王子の寝室に人魚姫は忍び込み、眠っている王子に短剣を構えた。

『（あなたを殺せば……わたしは……っ！　わたしは……っ！）』

短剣を胸に振り下ろしたら王子は死に、すべては終わる。

なのに――振り下ろせない。

人魚姫の両目から涙がこぼれ落ちる。

寝顔が安らかであればあるほど、美しい思い出がよみがえってきて、涙が溢れ出ていた。

『……姫』

『!?』

王子の寝言で人魚姫は我に返った。

短剣を見つめ、自分のしようとしていたことに驚愕する。

『(なんてことを、わたしは――)』

人魚姫は短剣を落とし、絶望した。

『(ああ、わたしは、寝言で呼ばれることさえないのですね……)』

涙が乾くことはない。悲しみのあまり胸が押しつぶされそうになる。

『(でも――それでも――わたしはあなたを愛しています)』

このまま一緒にいても苦しいだけ。愛するあなたの邪魔をしてしまうだけ。

だから――

人魚姫はテラスから短剣を投げ捨てると、声にならない声でつぶやいた。

『(王子、幸せになってください)』

瞳から一粒、大きな涙が頬を伝い落ちる。

あらゆる感情を込め、人魚姫は王子に告げた。

『(――わたしは、あなたを愛しています)』

そうして、人魚姫は海へ身を投げた。

＊

観客席のあちこちからすすり泣く声が上がっていた。

俺は王子役としてそれを耳にしつつ、以前真理愛に言った言葉を思い出していた。

『王子ってバカだよなぁって思っちゃうんだよな。いや、国を背負ってるから結婚の決断はもっともなんだけどさ。王子がちゃんと気づくだけで人魚姫が報われる展開になるだろ？　前よりハッピーエンドが近くなった分、気づけよこらぁ！　みたいな感情になるわけなんだよ』

俺は『王子が人魚姫こそが命の恩人であり、惚れた相手と気づきかけている』という前提で演技をしていた。

　そのせいで真理愛の熱演が胸を打って仕方がない。

　この物語は悲しすぎる。報われない人魚姫が辛すぎる。

『おめでとうございます！　王子！』

『おめでとうございます！　姫！』

　結婚式、周囲に祝福されて幸せいっぱいの王子と姫。

（なんて滑稽なんだ――）

　懸命に幸せそうな笑顔で演じる俺だったが、内心は悲しみで満たされていた。

　真理愛演じる人魚姫の悲しみが、俺演じる王子の心を変えた。

　引っ張られている。でも――俺にはそれが間違っているとは思えなかった。

　人魚姫の想いは生きていた。だから王子としての俺の感情も、生きていなければならないんだ。

　王子と姫の結婚式に、突如謎の泡が飛んでくる。

　泡となってしまった人魚姫が風の精霊へと生まれ変わり、やってきたのだ。

　精霊となった人魚姫は、誰にも姿かたちは見えていない。声も誰にも聞こえない。

　それでも、彼女は祝福するだけのために現れた。

『（王子、お幸せに――）』

そのまま人魚姫は消え、ふと王子は人魚姫のことを思い出す。

彼女がいつの間にかいなくなってしまったことを惜しむ王子に、姫が『これからはわたしがいますから』と励まして物語は終わる。


の、はずだったのだが――


俺は舞台から消えようとする真理愛(まりあ)の手を取ってしまっていた。

『これは――』

『えっ……？』

舞台袖や観客席から動揺が感じられた。脚本を知っているメンバーが、ありえない暴走に驚いている。

（――暴走？　わかってるよ）

でも俺は今、王子の気持ちと一体化している。真理愛(まりあ)の演技によって引き出された王子となっている。そんな王子なら、こうするに決まっている。

『行かないでくれ！』

精霊となった人魚姫に気がつくこと自体がありえない。

手を摑(つか)むなんて言語道断。設定を無視している。それでも引き留めずにはいられなかった。

『ずっとおかしいと思っていたんだ！　心にずっと引っかかっていたんだ！　それが今、ようやくわかった！　君こそが、海に投げ出された僕を救ってくれた恩人なんだ！』

またもやありえない言動。最後まで人魚姫が伝えられなかった事実に、王子がなぜか気がついてしまった。

真理愛は去るのをやめ、振り返る。

その瞳は――俺の意図を理解してくれていた。

『僕は姫こそが命の恩人だと勘違いしていたけれど、ずっと違和感を持っていた！　でも今なら確信できる！　僕が追い求めていたのは君なんだ！』

この辺りから脚本を知らない人間も気がつき始めてきた。

だって、人魚姫と言えば悲恋の代名詞。

報われることはない――はずだった。

『僕を救ってくれてありがとう！　今まで気がついてあげられなくてごめん！』

俺は真理愛を抱きしめ、はっきりと告げた。

『――君を愛してる。きっと、気がつかなかっただけで、ずっと前から』

『ああぁ……』

腕の中にいる真理愛は、瞳に涙を溜め、脱力した。

『ああ……あぁぁ……』

もう声にならない。両目から大粒の涙がとめどなくこぼれ落ちていく。

今、このとき、人魚姫は初めて報われたのだ。

『君が風の精霊となったのなら、僕も精霊になろう！　そしてずっと傍にいてくれ！　ダメだろうか？』

真理愛は目を潤ませ、静かに、だけど力強く頷いた。

『――はい、王子様。わたしはいつまでもお傍にいます』

真理愛は鼻の頭を俺の鼻の頭にくっつけ、すり寄せてきた。

もう少し近寄ればキスしてしまうような距離……なのに子供同士がじゃれ合っているような触れ合い。


――エスキモーキスだ。


それはまるで、いつまでも一緒にいることを約束しているかのような仕草だった。

フィナーレの曲が流れだす。照明は絞られ、徐々に暗転する。

舞台から光が消え、劇は終わる。

そしてその後に起こったのは、割れんばかりの拍手だった。

エピローグ

＊

俺は観客がすべて帰った後、舞台で茶船(させん)のメンバーに土下座していた。

「暴走してすいませんでした……」

エンディングを勝手に変えてしまったのは暴走中の暴走。いくらゲストとはいえ怒られて当然だ。

いつもぼんやりしている演出の志摩(しま)さんだが、今回ばかりは険しい顔をしていた。

「本当にありえないですよ！　エンディングでの暴走！　人魚姫のお話で人魚姫が救われたって聞いたことあります⁉」

「いえ、ありません……。本当にすいませんでした……」

俺は平謝りするしかなかった。

「それならわたしもすみませんでした！」

真理愛(まりあ)が俺の横に並んで土下座した。

「末晴(すえはる)お兄ちゃんはわたしの演技に合わせてやってくれました！　なのでわたしも同罪で

す！」

志摩さんは両手を腰に当て、深々と息を吐き出した。

「──と、いうことらしいです。このくらいで許してあげませんか、皆さん？」

突如志摩さんは緊張を緩めて俺たちに微笑みかけると、周囲を見回して言った。

「へっ……？」

「あのー、わたし、演出として全然仕事してなかったので……怒る権利なんてないというか……代表として一度怒りましたので、これで納得できない人はわたしを怒ってください……」

志摩さんがそう言うと、茶船の人たちは苦笑いをした。

「まあ今回最初から引っ張ってたの、マルちゃんと真理愛ちゃんだしな……」

「確かにありえないアドリブだったけど、言えるほど俺たちもたいしたもんじゃねぇよな……」

「まあ二人の演技、引き込まれたし……あれで納得できる雰囲気あったしな……」

そんな声が口々に広がり、もう謝罪はいらないよと言ってくれた。

その後の雑談でも、ありがたいことにほぼすべてのスタッフさんたちは快く許してくれたし、よかったと褒めてくれる人も多かった。

おかげで俺は晴れやかな気分で学園祭を回ることができた。顔を隠しつつ、群青同盟のメンバーたちと屋台で舌鼓を打ち、出し物に参加し、展示品を見て、充実した一日を過ごした。

え、勝負の結果？

そんなのわかってることじゃん。

俺と真理愛が圧勝したに決まってるでしょ！

＊

「おい！　無視すんじゃねぇよ！　ふざけんな！　こっちは首が回らねぇんだよ！　さっさと金出せ！」

真理愛の自宅近くの路上で、監視カメラの映像が再生されている。玲菜がノートパソコンを持ち、中年男性と中年女性——真理愛の両親に見せつけているのだ。そこにはこの二人の恐喝、器物損壊、傷害を行う様子がはっきりと記録されていた。

玲菜の横には真理愛が立っている。さらにその横には俺も。

真理愛の父と母は最初へらへらと笑っていたが、動画が再生されるなり顔を青ざめさせた。

「お、おいおい真理愛、なんてものを持ってきてんだよ……」

「そうよ、真理愛。そんな物騒なものは早くあたしに渡して、ほら」

さりげなく真理愛の母がノートパソコンを奪い取ろうとする。

真理愛の母には真理愛の面影がある。容姿は整っていて、口元なんてそっくりだ。

でもそれだけ。服装は派手で品がなく、生活が荒れているのか、目の下にくまが見える。眉は吊り上がり、目は血走っていた。

「何をするんスか⁉」

玲菜はとっさに身体を引き、真理愛の母の手から逃れた。

「バカっ！　なにミスってんだ！　さっさと奪えよ！」

「はぁ？　なんであたしがそんなこと言われなきゃならないのよ！　そもそもあんな動画があるのも、あんたが手を出したから悪いんであって――」

あーあー、今度は夫婦喧嘩の勃発だ。これでよく夫婦やってるな。

「――お父さん、お母さん」

真理愛は凛としていた。

喧嘩をやめて振り向いた父と母に、真理愛は告げた。

「わたしを産んでくれてありがとうございます。でも、それだけです。そしてその恩は、小さいころからいただいた苦痛や暴言で十分に相殺されたと感じています」

「何言ってんだ、真理愛⁉」

「そうよ、あたしが腹を痛めて産んだ恩、あんたが返しきれるはずがないじゃない⁉」

二人の迫力に、真理愛の顔が一瞬かげる。

それを見逃さなかった俺は二人と真理愛の間に割って入った。

「お前っ――」

真理愛の父が憎々しげに声を発するが、俺は言い返さなかった。

今日は真理愛が主役の舞台。俺は真理愛をアシストするだけの役なのだから、余計なことをしてはダメなのだ。

「末晴お兄ちゃん……」

真理愛は俺を潤んだ瞳で見つめると、ニッコリと笑って両親に向かい合った。

「お父さん、お母さん、もう諦めたほうがいいですよ？　わたし、金輪際お金を渡すことはしませんから。ちなみにこの動画、わたしに何かあった場合、すぐに警察へ提出されるようにしてありますので、暴力で片をつけようなんて考えてはいけませんよ？」

「「ぐぐっ……」」

両親が奥歯を噛みしめる。

これだけ言われているのにまだ諦める気はないらしい。この二人、たちが悪すぎる。

「えーっと、お前ら一千万単位の借金があるのかぁ……へぇ、こんな金利やべーとこからも借りてんだ……」

真理愛の両親の背後から哲彦が現れた。ファイリングされた紙を眺めつつ、ニヤニヤと笑っている。

こいつ、タイミング見計らってやがったな。

「この資料やべーな。やばすぎ案件多すぎてマジ笑う。こりゃ真理愛ちゃんにたかるしかないよなぁ」

「お、お前どこでそんな情報を……っ！」

白草が現れて哲彦の横に並んだ。そしてゴミを見る目で真理愛の両親をにらみつけた。

「迷ったけど、パパの力を使わせてもらったわ。あんたたちに、今後一縷の望みも抱かせないために」

怯む真理愛の両親。そんなところに黒羽も加勢した。

「モモさんを傷つけたこと、今すぐ謝罪して。あたしは話を聞いてからずっと、あなたたちのやりようが許せなかった」

「あらあら奇遇ね、志田さん。私もよ。地獄の業火に焼かれてもまだ飽き足らない。現世であらん限りの屈辱にまみれて朽ちていくといいわ」

四方八方からコテンパンにされ、さすがに観念するだろう。

と、思いきや——真理愛の父親はやけっぱちになって叫んだ。

「こうなったら強盗をしてやる！」

「⁉」

思わぬ発言に、俺は動揺した。

「真理愛、お前は父親に強盗させていいのか……？　捕まったら俺はお前の名前を出すぜ……。お前は強盗犯の娘として報道されるんだ……。いったいどうなるだろうな……」

真理愛の母親も作戦を理解したらしい。いやらしい笑みを浮かべて同調した。

「そうよね、そんなことになったら真理愛はもう仕事できないわよね……。あたし、捕まったらこう言うわ。真理愛が援助してくれないから強盗したって」

「こいつら……」

俺は背筋が凍った。

こいつらにとって、自分たち以外はどうでもいいのだろう。反吐が出る。話を聞いているだけで頭がおかしくなりそうだ。

絵里さんの強さがよくわかる。こんな両親に育てられてまともな精神でいるなんて、いい意味で普通じゃない。

とてつもない悪意に誰もが怯んだときだった。真理愛が一歩前に出たのは。

「お父さん、お母さん」

凛とした声で告げると、真理愛はテレビで見せる愛されスマイルを浮かべた。

「――どうぞ、ご勝手に」

「「……は？」」

完全に予想外のセリフだったのだろう。

真理愛の両親はポカンと口を開けて固まった。

「そうだ、ちょうどいい機会なのでお父さんとお母さんに報告があります」

真理愛はそう宣言すると、ニコッと笑って俺の腕に抱きついた。

「――わたし、この人と結婚します！」

「「はあぁぁぁぁぁぁぁっ⁉」」

真理愛の両親の声が木霊する。

俺はあまりのとんでも発言に意識が飛び、周囲のメンバーも呆然としていた。

「なっ、なっ、そんなこと――」

「モモ、十六歳になりましたしー、結婚できますしー」

「ま、真理愛！　そっちの男の子はマルちゃんでしょ！　まだ十八歳じゃないんじゃ！」

「えー、末晴お兄ちゃんが十八歳になったら結婚します」

「おい、真理愛、男のほうは反応してないぞ？」

「……大丈夫です。幸せすぎて魂が抜けているだけですから」

そう言って真理愛は俺の腕に頬をすり寄せた。

「な・の・で、お仕事への影響なんてどうでもいいです。末晴お兄ちゃんの嫁となって家事を頑張るだけなので。幸せいーっぱいの家庭で掃除をしながら、お父さんとお母さんが捕まったニュースをワイドショーで見るの、楽しみにしてますね☆」

「あ、あ、あ……あああぁぁぁ！」

真理愛の父親が頭を掻きむしる。

すると何を思ったのか、真理愛に摑みかかった。

「このガキがっ！」

「いつっ！」

真理愛が痛みを訴えた瞬間を、俺と哲彦は見逃さなかった。

「待ってたぜ、それを」

「はい、正当防衛」

俺の拳が真理愛の父の腹に、哲彦の拳が真理愛の父のあごに、それぞれクリーンヒットする。

真理愛の父はその場に崩れ落ちた。

もちろんこれは作戦。しかも白草の立てた作戦だ。

ののしるだけじゃ飽き足らない白草は、挑発し、もし手を出してきたら正当防衛で殴りつけてやろう——という悪辣な作戦を提示したのだ。そして全員ノリノリで賛同してしまったので、心の準備は万端だった。

なお、真理愛の結婚宣言は打ち合わせにはなかったので、そっちはマジで驚いていたりする。

「ふんっ、この最低男っ！」

白草がうずくまる真理愛の父にパンチをくらわす。

「いたっ！」

しかしすぐに情けない声を上げた。パンチはちゃんと背中に当たったのだが、反動に白草の手首が耐えられなかったのだ。

「――お母さん」

引き気味の母に、真理愛はトドメを刺した。

「もう二度と顔を見たくありません。今度やってきたら、お二人がお金を借りているヤバいところに身柄を引き渡しますので、ご覚悟を」

「ヒッ――！」

真理愛のにらみに、真理愛の母が怯む。

今、この瞬間、十六年間固定されていた二人の立場は――逆転したのだ。

「ああ、もし代わりにモモの親しい人に嫌がらせしようとしても、無駄ですよ？　一万倍の苦痛をお返ししますから」

「あ、あの、真理愛――」

真理愛の母はもみ手をすると、へらついて真理愛の手を取ろうとした。

しかし真理愛はその手を払いのけ、満面の笑みを浮かべた。

「モモはわかったかどうかだけ聞いてるんだよこの野郎☆　ごちゃごちゃ言ってると今すぐボコボコにして堤防に投げ捨てるぞ☆」

「ヒ、ヒィッーー！」

真理愛の母が逃げ出した。うずくまっていた真理愛の父も危険を感じたのだろう。ふらふらとよろめきながら慌てて去っていった。

「しゃーっ！」

俺はガッツポーズで喜びを示した。

勝利の雄たけびだ。

「いやー、怖かったっス」

「これで一件落着ね。ホッとしたわ」

「哲彦くん、これで本当に終わりよね……？」

「ま、あんだけやりゃオレたちに手は出せねぇだろ」

みんなが喜びで沸く中、真理愛が深々と頭を下げた。

「この度、皆さんには多くのご迷惑をおかけしました。必ずお礼をさせていただきます」

「気にすんなって。俺たち仲間だろ？」

俺が笑って言うと、真理愛の目から涙がこぼれ落ちた。

「……はい。ありがとうございます――って、あれ……」

真理愛の身体がふらりと揺れる。

羽根が舞うようにストン、と真理愛はコンクリートの地面に座り込んでしまった。

「あ、あの、すみません……今すぐ立ちますから……あれ、おかしいですね……」

どうにも力が入らないらしい。手は震えているし、足も僅かに動くだけで、どう見ても立てそうにない。

はたから見れば余裕の勝利だったが、真理愛にとって両親と向かい合うのは体力を使い果たしてしまうほどの緊張と恐怖があったのだろう。今、念願を達成し、安心感から脱力してしまったに違いない。

それが見て取れたのだろう。心配はしても誰も騒ぎはせず、

「末晴、お前がタクシー乗り場まで背負ってやれ」

と哲彦が言っただけだった。

「わかった」

「……よろしくお願いします」

俺は真理愛を背中におぶった。

真理愛は体重が軽いほうだと思うが、どうしても歩みは遅くなり、すぐに俺たちは最後尾になった。

「……重い」

俺はポツリとつぶやいた。

実のところわざわざ口にしたのは照れ隠しのせいだったりする。

触れ合ってることで鼓動が跳ね上がってしまい、手に汗をかいてしょうがないので、真理愛(まりあ)が食いつきそうな話題でごまかすことにしたのだった。

「——ていっ」

真理愛(まりあ)が頭突きをしてきた。ただ力が入らないのか、こつんともたれかかってきた程度の衝撃だ。髪が首筋に触れてこそばゆいくらいだった。

「ちょ、おま、無理すんなって」

「モモはこんなに軽いのに、意地悪ですぅ」

肩にそっと置かれた手が首に巻き付けられた。胸は背中にくっつけられ、脚は俺の腰を挟み込んできた。

さすがにこれほど密着されると、俺も身体(からだ)がこわばってきた。だって真理愛(まりあ)の心臓の音が聞こえてきたから。

「わかってますよ、末晴(すえはる)お兄ちゃん。さっきから手に汗、凄(すご)くかいてますよね」

「うっ……いや、なに……」

「どうしてですかぁ？　もしかしてモモを意識しちゃってるんですかぁ？」

甘えるような、でも挑発するような、真理愛(まりあ)らしい言い草だ。

俺は苦笑いしつつ、ついポロっと漏らしてしまった。

「……ちょっと、意識し始めてる……かもしれないな……」

「えっ……」

背中から聞こえる、真理愛の鼓動が一段と激しくなる。

「……からかわないのか？」

「あ、あの、すみません……そんな反応、返ってくると思ってなかったので……わたしもちょっと対応に困っているというか……」

珍しい反応だったので、俺は立ち止まって首を反転させた。

しかし――

「今、見ないでください」

「いたっ」

頭を掴まれてひねられ、強制的に正面を向かされた。

何だよ、結構力戻ってきてるじゃないか。

真理愛は深呼吸をすると、さっきより身体を押し付けてきて、耳元で囁いた。

「じゃあ末晴お兄ちゃん、モモとあまぁ～い新婚生活しちゃいますかぁ？」

「さっきの『結婚宣言』もそうなんだが、お前はよく話が飛ぶっていうか、極端なことを言うよな……」

「結論から言ってるだけです。その間のことは少しずつ埋めていけばいいじゃないですか」

「合理的なんだか合理的じゃないんだか……。でもまあお前が時折突拍子もないことを言う気持ちもわかるっていうか」

「何がです？」

「なんだか照れくさいもんな。素直に言うのって」

「………」

俺には背中の真理愛がどんな表情をしているのか見えない。三秒ほどの空白の後、真理愛は言った。

「つまり末晴お兄ちゃんはモモと婚約し、十八歳の誕生日に結婚をする、と」

「んなことまったく言ってねぇ！」

しびれるような甘さが俺の胸の奥に染み込んでいく。

真理愛と一緒にいると楽しい。そして俺はこの楽しさが失われることを心のどこかで恐れ始めている。

だから確信した。

――ああ、たぶん、俺は新たな毒に侵されている。

*

某日、ハーディプロ社長室。

社長席で赤ワインを飲むハーディ・瞬(しゅん)の前に、雛菊(ひなぎく)は立っていた。

「今回は負けてすみませんでした」

雛菊(ひなぎく)は深々と頭を下げた。

勝つつもりでいた。しかし完敗だった。文句がつけられないほどの差をつけられての敗北は初めてのことだった。

今まで悔しい思いなんてほとんどしたことがなかった。

だって負けたって、すぐに巻き返して次は勝てる自信があったから。

でも――今はその自信がない。

差が大きい。ちょっと努力すれば逆転できるようなものじゃない。

焦(あせ)りが心を蝕(むしば)む。どうすれば勝てるようになるのか、頭の奥で必死に考えている。

苦い味が口に広がる。


――そうか……これが、屈辱の味。


「それでよし。最高の展開だ」

雛菊(ひなぎく)は目を丸くし、顔を上げた。

「ボクはね、君に敗北をプレゼントしたかったんだ」

ハーディ・瞬はグラスを持ったまま立ち上がり、窓まで移動した。

「かといってね、テレビでの大々的な勝負や、年間ランキングでの勝負みたいなものでは、君の経歴に傷がつく。たわいない学園祭での遊びの勝負……そんな経歴に傷がつかないもので、敗北の味を教えたかった。正直、うまくいってホッとしているくらいだ」

「プロデューサー……」

「君はアイドルとしてあまりに早く頂点を極めすぎた。もちろんそれだけの素材だから当然なのだが、屈辱を知らず、執念を持たない者にはね、限界があるんだよ」

窓の外を見やり、グラスに口をつける。

「君が今、味わっている苦み——それを絶対に忘れてはいけないよ。強くなるために必要なスパイスだ。わかるかい？」

「……ええ、わかります。こんなにうまくなりたいと思う自分、初めてなので」

「うん、それでいい」

「でも、ヒナが勝つ可能性もありましたよね？　その場合は？」

ハーディ・瞬は肩をすくめた。

「まあそれならありがたく勝利を貰っておいたさ。マルちゃんをこの手で鍛え直してみたいとも思っていたけれど、別に惜しくはないな。ボクが見つけた君で、母が見いだしたマルちゃんと桃坂ちゃんを上回りたいって気持ちがあってね。歯ごたえがないと面白みがなかった。だから最高の展開なんだ」

雛菊は理解した。

（プロデューサーは、世界を取れるようなスターを作りたい。それはあくまで自分で見つけ出したヒナであって、末晴先輩や真理愛先輩にこだわりはないんだ）

それどころか、二人にはライバルであって欲しいと願っている雰囲気すらある。

ライバルのほうが面白そうだという意見には、雛菊も同感だった。

（末晴先輩や真理愛先輩に、勝ちたい――）

今までは楽しいからやってきた芸能活動だったが、勝つという目標が加わると――素晴らしく熱い展開になり、燃えると思った。

「本当によかったよ。マルちゃんは六年間の引退同然の生活が無駄でなかったことを見せてくれた」

「具体的には？」

「深みが出て、他人に寄り添えるようになった」

ハーディ・瞬はワインを窓からの光に照らして透かした。

「マルちゃんは子供のころから人を巻き込んで突き抜けた演技ができる、貴重な才能の持ち主だ。でもね、そういう子は大人になるにつれて独りよがりになる危険性もある。そのマルちゃんが六年間の葛藤を経て、ただ突き抜けるだけじゃなく、他人に手を差し伸べて引き上げることができるようになった」

「確かに……」

個人として突き抜けていたが、周囲がそれについていけなければ、末晴の演技は孤立する――そんな面があったことを指摘されるまで、雛菊は気がつかなかった。

「桃坂ちゃんはバランスがいいから、周囲に配慮するのは得意だった。でもね、その分マルちゃんみたいに突き抜けたり、全体のムードを決めたりするような圧倒感はなかった。一流だが、今のままでは超一流は無理だった。でも今回、その殻を破った。いいね、いい展開だ」

ハーディ・瞬はデスクに戻り、グラスを置いた。

「二人とも今回の勝負で弱点を補い、強い個性と周囲との協調を兼ね備えた演技ができるようになった。でもね、君ならあの二人を超えられるよ」

「!?」

雛菊は恐る恐る聞いた。

「できますか？」

「先天的なもので言えば、君はあの二人より確実に上だ。今回だって相手が一人だったら、技術で劣っていてもいい勝負だったよ。それだけのアドバンテージが君にはある」

雛菊は力強く頷いた。

「君はもっと上に行ける。あの二人を合わせたよりもさらに上まで。そしてあの二人に勝てるまでに成長したら——世界へ出よう。そのときは世界が取れる。君の光で世界を照らす日は、そう遠くはないよ」

「はい、プロデューサー！　楽しみです！」

同じことの繰り返しの日々だったが、ハーディ・瞬の復帰により成長の求められる刺激的な日々へと変わった。

やはり自分のプロデューサーはこの人だ、と雛菊は改めて思うのだった。

*

哲彦は慶旺大学広告研究会の部室で、最後の実務をこなしていた。

「はい、確かに請求書、受け取りました。明日には振り込みますね」

「お願いします」

「ホント群青同盟に依頼してよかったです！　まさかのヒナちゃん乱入もあって、盛り上がりましたね～！　また機会がありましたらよろしくお願いします！」

「ええ、こちらこそ」

哲彦は部室を出ると、大きく息を吐きだした。

今回は本当に負けることを覚悟した。圧勝したのが不思議なほどギリギリの状況だった。なので疲労感はいつもの倍以上だった。

「お疲れだね。コーヒーでも奢ろうか？」

「マジでストーカーなんすか、先輩って」

ほっと一息ついたところに現れた阿部に、哲彦は呆れずにはいられなかった。

「広告研究会の人に今日、君が来る予定だって聞いたから、たまたまね」

「いやそれ、たまたまじゃないと思うんすけど」

「だってほら、今回ボクが知りえなかったことがいくつかあるし、ぜひとも聞いておかなきゃと思って」

哲彦は深々とため息をついた。

「見たまんま、真理愛ちゃんの圧勝ですよ。ま、真理愛ちゃんが女優から恋する乙女になってしまったことで勝てた、というのは面白い皮肉と思いましたけどね。とはいえ、他のメンバーも、ファンクラブの一件に比べれば随分うまく立ち回ったと思いますんで、負けとは言えないと思いますが。はい、じゃあこれで」

「そこ、もうちょっと掘り下げたい気持ちはあるんだが……実は一番聞きたいのは〝そこ〟じゃないんだ」

「はぁ？　じゃあ何です？」

阿部はいつになく真剣な表情でつぶやいた。

「君は本番中、白草ちゃんと志田さんに外の状況を探らせていたよね。それで、〝負けそうになったら何かするつもり〟だった」

「………で？」

「茶船の人がね、本番ちょっと前に、舞台裏で変な機械を見たって言うんだ。その人はもう本番だから道具係の人が置いたんだろうと判断して放置したんだけど、何となく気になったから写真を撮っておいたんだって。それがこれ」

阿部は携帯に画像を映し、哲彦に見せつけた。

「これは本番が終わった後、いつの間にか消えていた。君にこの機械の正体を聞きたいんだけど、ダメかな？」

「はぁ～」

哲彦は再びため息をついてつぶやいた。

「コーヒー、奢ってもらいましょうか」

＊

キャンパス内にある有名コーヒーチェーン店に入り、人気のない奥のほうに腰を下ろすと、

「ええ、それ、オレが置いて、本番後こっそり回収したものです。ま、いわゆる時限爆弾ですよ」

哲彦はさらっと言った。

「……はっ？」

阿部が口をぽかんと開けたまま固まる。

「いやいやちょっと、さすがに僕もそこまでは予想して……えっ？　本当に？」

「と言っても火薬は入ってないですから危険性はゼロですよ。ただ見る人が見たら、ちょっと本気になればそういう用途に使えるってわかるでしょうね」

「いやいやいや、そんなのどこで手に入れたんだい⁉」

「ネット」

「ああ、なるほど……でも、う～ん……」

あまりの内容に、阿部は情報を消化しきれず頭をひねった。

「理由はわかってるつもりなんだけど、君の口から聞いていいかな？」

「ま、勝負を吹っ飛ばすにはこれしかないって思ったんすよ」

哲彦は淡々と語った。

「あのクソ社長と追加の条件を交渉する場にオレもいたんでね。結果が出た後になかったことにはできないってことはわかってました。となるとオレができることは、盤ごとひっくり返すことしかないって思ったんすよ。ちなみに今もそれ以外の方法は浮かんでないっすね」

「勝負に負けると確信した瞬間、学園祭の実行委員会に電話でもするつもりだったのかい？」

「もうちょっと大がかりですね。公式ホームページと公式ツイッターを乗っ取っての爆破予告です。ストーリーとしては雛ちゃんファンを装った犯行、ということで、すでに実行犯も闇掲示板で手配し――」

「ちょっ、ストップ！」

阿部は眉間をつまんだ。

「君はあいかわらず闇が深いというか……限度がないというか……」

「まあやらなかったんで、よかったじゃないっすか」

「でももしやったら、君は犯罪者として捕まったかもしれないんだよ？」

「だから？」

哲彦の迫力に、阿部は押し黙った。

「あの勝負、負けてたら末晴をあのクソ社長に取られてました。たぶん真理愛ちゃんも一緒についていったでしょうね。そうなったら志田ちゃんと可知は抜けて、群青同盟は崩壊っすよ」

「それは……」

「オレのミスや末晴が誰か一人に決めたことで群青同盟が崩壊するってんなら、オレは受け入れますよ。でもあのクソ野郎のせいで全部が台無しになるのは耐えられねぇ！」

ギリッ、と哲彦は歯を食いしばった。

「それなら犯罪者になるリスクを負ってチャレンジしたほうがマシだ！　どう考えてもな！」

「落ち着いて、甲斐くん」

哲彦は声を荒げていたことに気がつき、深呼吸をした。

「相談してくれれば僕だって力になったのに」

「今回の件は無理っすよ。たとえ総一郎さんが出てきたとしても、約束は約束でしたから」

「かもしれないけど……」

「はい、この話は終わり。犯罪なんてなかった。それが結論っすよ」

阿部は哲彦のことが心配だったが、それを伝えても喜ばないことはわかっていた。

結果的に何も起こらなかったのでこれ以上突っ込むことができず、やむなくとっつきやすそうな話題に変更した。

「じゃあちょっと話を変えるけど、今回志田さんがおとなしすぎじゃなかった？」

「ん？　ああ、そうっすね。それ言うなら可知もそうっすけど」

「まあそうだね。それってやっぱり、桃坂さんに同情して遠慮したってことかな？」

「……そうっすね。オレの中では、『よく罠に引っかか、か、か、からなかったな』という印象ですが」

「んんん……？」

阿部は首をひねったが、哲彦はそのまま続けた。

「男女の破綻のきっかけベスト三に入るような事態を、志田ちゃんはおそらく計算で、可知はおそらく天然で神回避をしたな、と。特に志田ちゃんが凄かったっすね」

「か、神回避……？」

さらに混乱が増す阿部に対し、哲彦はしみじみ語る。

「ガン攻めだけでなく、いざというとき止まれるとはなぁ……引き際をわきまえていてこそ名将だもんな……。ま、これができなきゃ『思うがままに男を振り回す自己中心的な腹黒女』に成り下がる可能性もあったわけで、志田ちゃんは格を下げなかったというか、いい女であることを見せつけたって感想っす」

「そ、そうなのかい？　僕はただおとなしかったな、ってくらいの印象なんだけど」

哲彦はバカにしたようなため息をついた。

「いやいや、二人にとって一番厳しい戦いでしたでしょ、今回。あー、あれっすね、先輩。モテることにあぐらかいてますね。先輩ならこういう事態で恋人と別れるだろうなってわかっちゃいましたよ」

「ちょ、そこまで⁉　詳しい説明をもらえるかい⁉」

哲彦は脚を組み、アイスコーヒーに口をつけた。

「それぞれの気持ちになってみれば、わかることっすよ。今回の事態、末晴が真理愛ちゃんを何としてでも助けようとするってのは自明の理っすよね？」

「彼は男気あるし、今までの行動を見ていたら、助けない選択肢はないだろうな」

「だが志田ちゃんや可知は面白くない。ライバルが末晴との距離を縮めるのは確実だから」

「桃坂さんを助けようとする意志はわかる。でもより親しくなるのを見守るだけってのは辛いだろうね……ああ、これが一番辛い戦い、か」

「そうです。わかっていても、見守る以外の選択肢がなかったんですよ。これ、できない人滅茶苦茶多い印象ですね」

「例えば？」

「『仕事とわたし、どっち取るの』とか」

「あぁ……。仕事は大事ってわかっていても、放っておかれたら恋人としては言いたくなっちゃうってやつか」

「別に仕事を部活や委員会、塾、転勤、夢、趣味……置き換えは何でもできます。『恋人の生き方を、い、い、い、い、いい、ぃ、生きざまを尊重できるか』って部分ですよね、結論的には」

「しかも自分の気持ちを押し殺して、か」

「ええ。これ言われたとき、男のほうから見ると、『どうして理解してくれないんだ』『お前は自分勝手だな』って見えちゃうんですよね。もちろん男女を入れ替えてもいいですが。こういうので別れるカップル、めっちゃ多いと思いますよ」

阿部はブレンドコーヒーのカップを手元で回した。

「志田さんが計算で回避したって根拠はあるのかい？」

「ありますよ。真理愛ちゃんをどう守るかって話になった際、末晴に『登下校一緒に行ってあげたら』と勧めたくらいですから。普通は目くじらの一つくらい立てますよ」

「……そうだね」

「あの時点であれが言えるっていうのは、おそらく以前から覚悟してましたね。真理愛ちゃんが緊急事態になったときの対処を」

「志田さんはどこまで読んでるんだか……」

「可知の天然回避については聞いてこないんすか？」

「白草ちゃんについては僕のほうが付き合いが長いからね。白草ちゃん正義感強いから、桃坂さんの不遇に心底腹が立って、自分の損得を忘れて協力してたんじゃないのかな」

「そんな雰囲気でしたね。だからこそ、志田ちゃんがおとなしいことが理解できなかったっていうか。何でおとなしかったのか聞いてたくらいですから」

「へー、そんなことが……」

「志田ちゃん、演劇の本番前に可知へこんなこと言ってたんすよ」

『――もしモモさんを見捨てるような人なら、あたしは好きになってない』

「オレそれ聞いて、この子、横綱相撲だな……相手の強さを全部受け止めて、そのうえで勝つ自信満々だなって思ったんすよね……」

「あいかわらず強いな、志田さんは……」

哲彦はストローの袋に水を差し、もぞもぞと縮んでいく様を見つめた。

「ただまあ、オレ的にはもっとやりようがあったと思うんすけどねー。基本いい子ちゃんなんですよ、志田ちゃんも、可知も」

「聞くのが怖いけど……例えば？」

「オレが志田ちゃんの立場で、本気で末晴を奪いたいなら、真理愛ちゃんをこのタイミングで潰しましたね。ただし演技ができなくなるってレベルだとむしろ末晴とくっつく可能性が高まるんで、中途半端はダメです。病んでしまった真理愛ちゃんに末晴が付き添うことで勝負が決まるってのは、十分にありえる状況でしたから」

「あ、あ～、それは確かに……」

真理愛が勝負に負けて病み、芸能界から遠ざかる。そんな真理愛を見ていられない末晴は傍に寄り添う。それが数年も続けば――もはや付き合っていると同義だ。この場合、結果的に黒羽や白草ではなく、真理愛を選んだと言っていいだろう。

そんな展開はありえない、と阿部は言えなかった。

「真理愛ちゃんを潰すなら、高校生活が送れなくなるくらい徹底的に。しかも裏でネチネチやるのが理想的展開でしたね」

「うわぁ、それは……」

「このタイミングなら可能でしたよ。末晴の追加条件絡みで足を引っ張ったり、学校で悪い噂を流しておいたり……でも、二人はやらない。志田ちゃんならアイデアくらいは浮かんだと思うんですけど、やらなかった。二人とも、悪口だって本人に直接言うだけで、裏でこそこそ言わないですし」

「悪口言うとき、普通もっと裏でやるよね……」

「他人の足を引っ張って勝つんじゃなくて、相手を上回ることで勝とうとしてるんですよ。だから今回、弱みを見せた真理愛ちゃんに対し、チャンスと思うんじゃなくて、むしろ加勢した。見上げた精神だとは思ってますよ。普通は足を引っ張るほうが楽なんで。ま、志田ちゃんたちはともかく、オレは平気で引っ張りますけどね、他人の足」

「まあ君はそういうタイプだな……」

阿部は頰を搔いた。

「しかし――そうか。今回、丸くんと桃坂さんの仲はぐっと深まったように見えた。兄と妹という関係から脱却するほどに」

「……そうっすね。ようやく、というか。確かに真理愛ちゃんにとっては大きな一歩でしたでしょうよ。でも、ようやく同じ舞台に立ったってレベルなんですよ、これ」

「丸くんの恋愛対象という舞台、か」

「そうっすね。志田ちゃんも可知もそこにはとっくに上がっている。一周遅れが、ようやく追いついてきたぐらいのイメージです」

「まぁ……そうだね。でも新しく意識し始めたってのは見逃せないよ。それだけ今現在の丸くんの心に深く食い込んでいるとは取れないかい？」

「それでもオレは『おさかの』に食い込んだ分だけ志田ちゃんのほうがまだ前にいると思ってるんですよねー。ただ『おさかの』って、末晴を意識させたことには効果的でしたけど、一緒に出掛けたりすること自体は以前からやっていましたから、決定打になってないというか、差別化というか、関係性を攻めきれてない感じはありますね。末晴に鎖をつけるという意味では成功していると思うんで、ファンクラブでの一件を考えても、現状攻めよりも守りにうまく作用しているイメージっす」

「鎖とは言い得て妙というか……」

「オレ、おさかのを脳内でシミュレーションしてみたんすけど、一番近いのは『愛人』だと思うんすよね。秘密の彼女的、というか」

「あ、あー、幼なじみ的っていうと恋愛臭がしないから、そっちのほうがイメージ近いな……」

「何もないときなら本妻に納まれるいい立ち位置なんですが、イベントが起きると、どうしても邪魔をしない都合のいい女を演じなければいけなくなる。このストレスがどうくるか……」

「ファンクラブ騒動に続いてこれだからね。これから凄い攻めがくるかも」

「くるでしょうね。志田ちゃんのセリフ、聞いちゃいましたし」

「えっ、気になるなぁ。どんなセリフだい……？」

哲彦はアイスコーヒーを一口飲み、興味津々の阿部に告げた。

「この前、真理愛ちゃんの両親にお礼参りして、その帰り、末晴と真理愛ちゃん、すげーいい雰囲気だったんすよ。まあオレが末晴におぶってやれって言ったのが原因なんすけど」

「君ってあちこちに火をつけて楽しんでいるところあるよね」

「まあ実際に楽しいんで。そのときに、志田ちゃんが可知にこんなこと言ってたんすよ」


『――今回だけは見逃してあげる。あくまで今回だけ』


「……すさまじいな」

「ですよね」

「結論的には、負けたっていうより、勝ちを譲ってあげたって感じかな？」

「勝てたけど、あえて負けてあげるっていうか、負けに見せかけただけ……って感じっすかね」

「そりゃまた逆襲が怖いね……。今頃逆襲の手段でも考えているのかな……」

阿部（あべ）は深々とため息をついた。

＊

黒羽（くろは）は自室の机でノートとにらめっこしていた。

それは日記に近いものだった。しかしあくまで『近い』なのは、別に毎日起きたことを書いているわけじゃなかったからだった。

（ハルがモモさんを意識してしまったのは――しょうがないとも言える。ハルは親しい人が困っていれば助けずにはいられないし、モモさんの抱えているものは非常に重かった。こうなるのは時間の問題だった。だからこれは、想定内）

ノートに書いてあるのはその日の『思考』だった。

（確か、この辺りに――）

黒羽（くろは）はノートをめくり、二ヶ月ほどさかのぼった。

そしてあるページで手を止める。真理愛（まりあ）が転校してくるとわかった日のことだ。

そこには『もしハルがモモさんを恋愛対象として意識した場合』と題名をつけて思考をまとめていた。

・あたしと可知さんの双方が気になるだけなら、綱引きと同じ。強く引けばいい。
・三つ巴となった場合、単純にいかなくなる。強く引き合ったところに、残った一人が『大丈夫？』と声をかけることで漁夫の利を得る可能性が出てくる。
・そもそもハル自身が、ふらふらしている自分に悩み、予想外の行動に出る可能性があり、それがある意味一番怖い。
・ハルが悩むことで自制心が強くなる懸念もある。色気が通じにくくなる？
・最悪なのは、ハルが三人に呵責の念を覚えた結果、全員と距離を取り、そこに四番目の女性が出てきてかっさらうパターン。

「そうだよね……」

黒羽はかつての自分の思考を読み返し、頷いた。

「流れはよくない……でも明日はハルの家に掃除に行くから、二人きりになれる……。ようやくモモさんの一件も解決したし、そろそろ積極的に攻めてもいいかも……」

そこへ廊下から声がかかった。

「みんなご飯だよ！」

母銀子の声に、黒羽は席を立った。

食卓に父はいなかった。また研究で遅くなるようだ。

黒羽がオムライスにお酢をかけていると、銀子は何でもないことのように言った。

「黒羽、明日末晴の家に掃除しに行かなくていいから」

「……え？」

黒羽は思わずスプーンを落とした。

水曜日の掃除は、黒羽にとって確実に二人きりになれる貴重な機会であり、最高の攻撃チャンスだった。これこそまさに幼なじみの特権であり、白草や真理愛と比較して、圧倒的なアドバンテージと言える要素……のはずだった。

なのに――

「どうして、お母さん⁉」

「だって最近、あんたと末晴、かなり仲いいでしょ？」

「そんなの昔からじゃん！」

「じゃ、ちょっと言い方変えようか。恋愛対象として、距離がかなり近くなってない？」

ピクッと蒼依が肩を動かす。朱音はじっと黒羽を見つめ、碧は荒々しくオムライスを口に突っ込んだ。

「そ、そんなことないよ？」

「あるって。付き合ってはいないようだけど、はたから見ててもいい感じ」

「だから掃除に行っちゃダメなの？」

銀子は母親の顔になって言った。

「個人的にはあんたが末晴と仲良くするのは微笑ましいし、応援してやりたいくらい。でもね、母親としてそこまで関係が近くなった男の子の家に、しかも夜に、娘を通わせられない。あんたならわかるでしょ？」

「うっ、それは……じゃ、じゃあハルの家の掃除、どうするの？」

「それなんだよねぇ。ま、昔みたいにちょっと周期は空いちゃうけど、あたいの時間があるときに――」

「ならワタシ、やる」

手を挙げたのは朱音だった。

「ワタシ、時間があるからできる」

「ふ〜ん」

意外だったのか、銀子はあごに手を当て考え始めた。

「まあ確かに朱音なら時間の都合はつくだろうけど……本当にできるのかい？　部屋の掃除だけじゃないんだよ？」

「できる」

「う、う〜ん……ちょっと心配だね……」

「アタシが手伝ってやろうか？」

碧がそっけなくつぶやいた。

「ま、面倒くさいけど、確かにアカネだけじゃ心配だし？」

「あんたは受験生。そんなことしてるくらいならもっと勉強していい成績取りな」

「うっ――」

ぐうの音も出ないド正論に、碧は押し黙った。

銀子は悩んだあげく、視線を蒼依に向けた。

「そうだ――蒼依、朱音と一緒に掃除しに行ってくれないかい？」

「⁉」

蒼依は驚きつつも、言葉を発しなかった。

そこへ銀子が追い打ちをかける。

「あんたなら受験生でもないし、掃除もちゃんとやれるのを知ってる。だから頼みたいんだけど、嫌かい？　それなら――」

「い、嫌じゃないです！」

蒼依は立ち上がった。

いつもの蒼依らしからぬ大げさな行動に姉妹たちの注目が集まる。

蒼依は赤面して席に座り直した。

「嫌なんかじゃないです。むしろわたしなんかでいいのかな、って……」

「あんた以外、適任者がいないんだよ」

「お母さん、ハルとの関係が近いことが心配なら、あたしと朱音(あかね)の二人で行けば――」

「黒羽(くろは)、あんたはなかなかしたたかだからね。朱音(あかね)をうまくコントロールして、二人で行かせた意味がない、ってパターンになるとにらんでるんだよね、あたいは」

「うっ――」

「ということで、蒼依(あおい)、頼むわ」

銀子(ぎんこ)がよろしくのポーズをする。

悩んでいた蒼依(あおい)だったが、少しだけ目をつぶり……力強くまぶたを開けた。

「はい、わかりました。わたし、あかねちゃんと掃除に行ってきます」

「助かるよ」

こうしてこの話は終わった。

*

（わたしは――）

蒼依(あおい)は胸の内でつぶやいた。

（わたしはこの気持ちを、抑えきれるのだろうか――）

家に行く。末晴の傍にいられる。楽しくお話ができて、笑顔を見ることができる。

嬉しい。嬉しすぎて、怖い。

「あおい、掃除いろいろ教えてね」

朱音が声をかけてくる。

蒼依は笑顔で頷いた。

（そしてあかねちゃんは――あかねちゃんの気持ちは――）

そのことを考えると、胸が苦しくなる。

（あかねちゃんは、はる兄さんの家に行きたがっていた。ということは、何かアプローチをするつもり――？）

末晴の家に行けることが嬉しいのに、蒼依は考えれば考えるほど不安が募ってきた。

胸が苦しい。でも嬉しい。

（はる兄さん、わたしは――）

蒼依は虚空の末晴に対して言いかけ――結局口を閉ざした。

あとがき

二丸です。十月三日にYoutubeで公開された特番（今もYoutubeで視聴可）において——『幼なじみが絶対に負けないラブコメ、二〇二一年アニメ化決定！』が発表されました！

こうして読んでくださっている皆さんの応援のおかげです！　ありがとうございます！

二丸もアニメにシナリオ等でかかわらせていただいていますので、お楽しみに！

また小説六巻とコミック二巻にはそれぞれドラマCDつき特装版があります！　機会があれば聞いてみてください！　コミック二巻には小説一巻の白草視点の書き下ろしSSも収録！

さてこの六巻ですが……満を持しての真理愛回！　そして話が重い！

真理愛は末晴のパートナーの立ち位置から、他のヒロイン二人と違い、登場時点で末晴寄りの重い過去を設定していました。芸能界等は血縁より執念がある人間が強いのではないかという考えも影響しています。それをようやく掘り下げられて、感無量……という気持ちです。

しかもこれまで群青同盟絡みはおいしいところだけかいつまんできたのに、演劇の話が結構がっつり！　これ、演劇絡みはエンタメになっているか悩んだのですが、演劇は群青同盟内だけではできず、後半の重要シーンに繋がるのでそのままにしました（これでも初稿より随分軽くした）。以前演劇をやっていたのですが、解釈で話し合う場面は懐かしかったです。

六巻が重い話になるとわかっていたので、五巻はコメディ寄りにしていました。おさまけはそうやって巻ごとでテーマを変え、どこに視点を当てるかバランスを取っています。

例えば五巻は『学園ラブコメなのに今まで学校での話が少なすぎる』『ラブコメに群青同盟というシリアス&活劇要素を組み合わせてきたが、それが苦手な人もいるだろうから、そろそろうる星やつらから続く王道ラブコメと正面から向き合う必要があるのでは』ということから、コメディに視点を当てて振り切っていました。放っておくとシリアスになる自分はコメディを難しく苦手と考えているので、びくびくしつつ楽しんでもらえるといいなと思っていました。

六巻はその逆で『演劇を掘り下げることで芸能要素を強く』『ラブコメのラブでもシリアスなラブ』に視点を当てています。毎巻全力を尽くすとともに、視点のバランスの取り方がシリーズを通して大事と考えているので、コメディ、シリアス、それぞれ思いきりやれて本当によかった……と勝手に思っていたりします。『思いつく限りの手は全部打つ』を信条としており、理由あって視点のバランスを考えているのですが、スペースがないので機会があるときにでも。

次はヒロインたちの可愛い&コメディラブ要素がマシマシ＋志田家妹たち（妹たちもずっと前から書きたかった）が活躍予定なので、お楽しみに！

最後に、応援してくださっている皆様、編集の黒川様、小野寺様、イラストのしぐれうい様、本当にありがとうございます！　そして今読んでいる方々、よければまた七巻で！

二〇二〇年　十二月　二丸修一

OSANANAJIMI GA ZETTAI NI MAKENAI LOVE COMEDY

次回予告

黒羽の代わりに
末晴の家に掃除に来ることになった蒼依と朱音。
やる気満々の朱音に対し、蒼依は悶々としていた。

（あかねちゃん、元々周りに興味がないけど、
今は完全にはる兄さんしか見えてない……。
何かとんでもないことをするんじゃ……）

止めようか、教えようか、応援しようか――
数多くの選択肢に迷う蒼依だったが、
実のところ人のことを気にしている余裕はなかった。

（はる兄さんのもっと傍にいたい……
お話がしたい……でも、それは――）

理性と恋心のはざまで揺れる蒼依。
そんな蒼依の前に現れたのは、真理愛を意識してしまい、
思い悩む末晴だった。
もっと話がしたい……その気持ちから、
蒼依は再び恋愛相談の相手として立候補する。
その結果――

「も、もう一人気になる人ができてしまったって……
はる兄さん、わたしは怒っていますよ！
はる兄さんは節操がなさすぎです！」

NEXT
SHUICHI NIMARU PRESENTS
VOLUME

蒼依に叱責されて自らの情けなさに打ちひしがれる末晴。
しかしその間にも挽回を狙う黒羽、焦る白草、勢いに乗る真理愛が襲いかかる！

「ふふっ、ハル。ちゅー……したくなっちゃった？」

「ダメ、スーちゃん……掃除道具入れは狭いんだから、
それ以上動いたら……」

「そう、この下は末晴お兄ちゃんの母校、
六条中学校のセーラー服です。見たいですかぁ？」

学校でトラブルを起こしてしまう朱音。群青同盟は碧、蒼依、朱音らとコンビを作って問題の解決に尽力するが――恋は入り乱れ、螺旋のように交差し、すれ違う。
その果てに蒼依は気づく。三つ巴になってしまったからこそ生まれる新たな選択肢に。

「――はる兄さん、少しだけでいいんです。
わたしも見てくれませんか？」

双子スクランブル！

幼なじみが絶対に負けないラブコメ 7

VOLUME:SIX

近日発売予定！

◉二丸修一 著作リスト

「ギフテッドⅠ～Ⅱ」（電撃文庫）
「女の子は優しくて可愛いものだと考えていた時期が俺にもありました1～3」（同）
「幼なじみが絶対に負けないラブコメ1～6」（同）
【ドラマCD付き特装版】
幼なじみが絶対に負けないラブコメ6 ～もし黒羽と付き合っていたら～」（同）
「嘘つき探偵・椎名誠十郎」（メディアワークス文庫）

本書に対するご意見、ご感想をお寄せください。

ファンレターあて先
〒102-8177　東京都千代田区富士見2-13-3
電撃文庫編集部
「二丸修一先生」係
「しぐれうい先生」係

本書は書き下ろしです。

電撃文庫

【ドラマCD付き特装版】
幼なじみが絶対に負けないラブコメ6

二丸修一

2021年2月22日　初版発行

発行者	青柳昌行
発行	株式会社KADOKAWA 〒102-8177　東京都千代田区富士見2-13-3 0570-002-301（ナビダイヤル）
装丁者	荻窪裕司（META＋MANIERA）
印刷	株式会社暁印刷
製本	株式会社暁印刷

●お問い合わせ
https://www.kadokawa.co.jp/（「お問い合わせ」へお進みください）
※内容によっては、お答えできない場合があります。
※サポートは日本国内のみとさせていただきます。
※ Japanese text only

※定価はカバーに表示してあります。

ISBN978-4-04-913497-1　C0193　Printed in Japan

電撃文庫　https://dengekibunko.jp/

電撃文庫創刊に際して

文庫は、我が国にとどまらず、世界の書籍の流れのなかで〝小さな巨人〟としての地位を築いてきた。古今東西の名著を、廉価で手に入りやすい形で提供してきたからこそ、人は文庫を自分の師として、また青春の想い出として、語りついできたのである。

その源を、文化的にはドイツのレクラム文庫に求めるにせよ、規模の上でイギリスのペンギンブックスに求めるにせよ、いま文庫は知識人の層の多様化に従って、ますますその意義を大きくしていると言ってよい。

文庫出版の意味するものは、激動の現代のみならず将来にわたって、大きくなることはあっても、小さくなることはないだろう。

「電撃文庫」は、そのように多様化した対象に応え、歴史に耐えうる作品を収録するのはもちろん、新しい世紀を迎えるにあたって、既成の枠をこえる新鮮で強烈なアイ・オープナーたりたい。

その特異さ故に、この存在は、かつて文庫がはじめて出版世界に登場したときと、同じ戸惑いを読書人に与えるかもしれない。

しかし、〈Changing Times,Changing Publishing〉時代は変わって、出版も変わる。時を重ねるなかで、精神の糧として、心の一隅を占めるものとして、次なる文化の担い手の若者たちに確かな評価を得られると信じて、ここに「電撃文庫」を出版する。

1993年6月10日
角川歴彦

電撃文庫DIGEST　2月の新刊

発売日2021年2月10日

86―エイティシックス―Ep.9
―ヴァルキリィ・ハズ・ランデッド―

【著】安里アサト　【イラスト】しらび
【メカニックデザイン】I-Ⅳ

犠牲は、大きかった。多くの死者と、要であった人物の離脱に憔悴する機動打撃群の面々。だが、彼らに休息はない。レギオン完全停止の鍵を握る《電磁砲艦型》の中枢部を鹵獲すべく、彼らは最後の派遣先へと赴く。

幼なじみが絶対に負けないラブコメ6

【著】二丸修一　【イラスト】しぐれうい

群青同盟への舞台出演依頼に、末晴と役者同士で関係を深めるチャンスと意気込む真理愛。まさかの「モモ大勝利♪」となるのか!?　しかし、舞台にハーディ・瞬の秘密兵器であるアイドルが現れ、一転、モモ大ピンチに!?

声優ラジオのウラオモテ
#04 夕陽とやすみは力になりたい?

【著】二月 公　【イラスト】さばみぞれ

今回のコーコーセーラジオは修学旅行編!　先輩声優・めくると花火に「仲良し」の極意を学ぼう……という難題を前に、素直になれない夕陽とやすみ。そんな中、人気沸騰中で大忙しな乙女に危機が訪れて……?

神角技巧と11人の破壊者
中 創造の章

【著】鎌池和馬　【イラスト】田畑壽之
【キャラクターデザイン】はいむらきよたか、田畑壽之

魔導爆弾で世界の破滅を目論む『11人目』を追って、破壊と創造を司る少年の過酷だが賑やかな旅は続く。廃墟の帝国、犯罪都市の港、南の島、死臭漂う黒紫の森……。そしてついに一連の事態の黒幕が明らかに――!!

ドラキュラやきん!2

【著】和ヶ原聡司　【イラスト】有坂あこ

池袋でコンビニ夜勤をして暮らす吸血鬼の虎木。ある日虎木のバイト先に、「虎木に憧れて」と語る新人・詩澪が現れる。謎の美女の登場に落ち着かない様子のアイリスと未晴。そんな中、コンビニ強盗事件が起きて――!?

ねえ、もっかい寝よ?2

【著】田中環状線　【イラスト】けんたうろす

クラスでは依然ぎこちなさはあるものの、放課後の添い寝を続ける忍と静乃。距離が縮んでいくなか、宿泊研修が近づき、さらにクラス委員長に二人の関係を疑われて?　クラスの皆には内緒の、添い寝ラブコメ第2弾!

新作
ホヅミ先生と茉莉くんと。
Day.1 女子高生、はじめてのおてつだい

【著】葉月 文　【イラスト】DSマイル

デビューから早6年、重版未経験の「童貞作家」である空束 朔(からつか はじめ)はスランプに陥っていた。そんな朔の下に、編集部からの荷物を持った女子高生・白花茉莉(しろはな まつり)が現れて――!?

新作
統京作戦〈トウキョウフィクション〉
Mission://Rip_Van_Winkle

【著】渋谷瑞也　【イラスト】PAN:D

〈統京〉。世界全てが求める神秘〈ギア〉を巡りスパイが跋扈する街に、その兄妹はやってきた――"過去"と"未来"から。500年前から来たくノ一と500年後から来た改変者が駆ける、超時空スパイフィクション!

新作
ウザ絡みギャルの居候が俺の部屋から出ていかない。

【著】真代屋秀晃　【イラスト】咲良ゆき

『勉強の邪魔すんな!』『どうでもいいから、サボろうよっ!』とある家庭の事情で俺の家に寄生する、中学生ギャルの真波。そんな従姉妹のウザ絡みに邪魔されてまったく勉強は捗らない、だけど楽しい赤点必死な毎日。

新作
バレットコード:ファイアウォール

【著】斉藤すず　【イラスト】緜

平和教育の一環として、戦争を追体験するVRプログラムに参加した古橋優馬。だがその空間は、異形の敵との戦いの場に変容していた。果たして優馬はVR上で出会った仲間たちと、現代日本への「生還」が叶うのか!?

ある中学生の男女が、永遠の友情を誓い合った。1つの夢のもと運命共同体となったふたりの仲は、特に進展しないまま高校2年生に成長し!?　親友ふたりが繰り広げる、甘酸っぱくて焦れったい〈両片想い〉ラブコメディ。

電撃文庫

凸凹コンビが
“迷宮入り”級の難事件をぶった斬る!!
犯罪迷宮
アンヘルの
難題騎士
Crime Dungeon Knight Police
著 川石折夫／イラスト カット
ダンジョンでの犯罪を捜査する迷宮騎士。ノンキャリア騎士のカルドとエリート志向のポンコツ女騎士のラトラ。凸凹な二人は無理やりバディを組まされ、"迷宮入り"級の連続殺人事件に挑むことに!?

電撃文庫